パパは天国へ単身赴任

Yoko Oppata
乙幡　洋子

文芸社

私たちは五人です

私たちは五人でした。
そして、今も五人です。
戸籍帳簿から一人の名は消えて、
四角の食卓の一方は空しく、
五重奏の一部は欠けて、
賛美の調子は乱されるけれど、
それでも、私たちは五人です。
私たちは、今もなお五人です。

蓼科白樺荘で（1995年11月25日）
老後は蓼科に住むのが、夫の夢でした。

地の帳簿から一人の名は消えて、
天の記録に一人の名は増えました。
三度の食事に空席はできたけれど、
残る四人は、もっと親しくなりました。
パパは今も私たちと共にいます。
パパは四人を縛る、愛の絆となったのです。

註　この詩は、内村鑑三の詩「私たちは四人だ」を、私の気持ちになぞって書き直したものです。
私たち家族にとって、この詩は心の拠り所となって、常に心の中にあります。

まえがき

今から二十年前の、一九九六年九月一日、日曜日の朝。一人の人間として心から尊敬し、愛していた夫・乙幡隆《おっぱたたかし》は、四十五年間の地上での務めを終えて、次の赴任先「天国」という、遥か遠くの国へ旅立っていきました。遺された家族は、三十四歳の私と七歳・五歳・一歳の息子たちでした。

「地上での務めを終えて」と書きましたが、当時の私も、周囲の人たちも、夫を知るすべての人が、「務めを終えた」とは決して思えない、本当に突然の単身赴任でした。

初めの五年間、私は、現実を受け容れるだけで精一杯。誰かに、夫の話をしようとして、「おっと」の最初の一文字、「お」と発音しただけで涙が溢《あふ》れてしまうという状態でした。

十年目の二〇〇六年、夫との出会いから闘病、そして召天までを文章にまとめてみようと考えたものの、思春期真っ只中の息子たちとの関わりにエネルギーを注ぎつつ、勤続二十年という、仕事上では忙しくも充実した日々、更に四十代で大学院を受験し、女子学生になるという大胆な行動……執筆は途中で断念してしまったのでした。

そして二〇一六年夏、ブラジルのリオデジャネイロオリンピックで世の中が盛り上がりを見せている今年。二十年前のアトランタオリンピックを思い出しつつ、時として湧き上がる悲しみと、かすかな懐かしさを感じながら、この原稿を仕上げることができました。

この二十年間に、日本では悲しい事件や災害がたくさんありました。特に二〇一一年の東日本大震災ほどの大きな悲しみは、近年では他にないでしょう。一瞬にして大切な家族を、あるいは最愛の人を失った方も少なくないと聞いています。その方たちから見たら、私の経験したことなんて本当にちっぽけなものかも知れません。でももし、私の書いたこの文章が、日本のどこかで読んでくださった方の、ほんのちょっとでもいいから、力になることができたら幸いだと思っています。そしてそれを、単身赴任先の天国にいる夫も、きっと喜んでくれると信じています。

二〇一六年夏　乙幡　洋子

目次

第一章　出会い

1　白いスカイライン　～不思議な安心感～

一九八三年十二月二十九日夜、池袋に集合。

昨晩、遅くまでクッションの刺繡《ししゅう》をしていたので、何となく気分が冴えない感じだ。（スキーなんてミーハーなことは決してやらないぞ）と思っていた私だったが、親友のエリちゃんの誘いもあり（一回ぐらい体験してみるのもいいか）という軽い気持ちでスキーへの参加を決めたのだった。

しかし出発の日が近づくにつれて、行きたくない気持ちが強くなり、（いっそのこと、風邪をこじらせて行かれなくなればいい）と、夜遅くまで起きていたのだった。

エリちゃん以外は全員初対面。スキー場では元旦礼拝もあるというから、クリスチャンがほとんどなのだろうが、一体どんな人たちが集まってくるのやら予想もつかず、不安であると同時に、とても憂鬱な気持ちだ。

集合場所である池袋に着くと、二台のワゴン車と二台の乗用車が路上に停まっているのが見えた。そして、そのうちの一台がエリちゃんと私の目に留まる。「白いスカイライン」。真っ白なボディに合わせてタイヤホイールも白く、後部にはエアスポイラーもついており、とてもセンスが良くカッコイイ車なのだ。

「これ、私たちと一緒に行く人の車かな？」

「違うんじゃない？　こんないい車でスキーには行かないでしょう。きっと他のグループの人のでしょう」

「でも、もしも私たちと一緒に行く人の車だったら、絶対これに乗せてもらおうね」

恥ずかしながら、二十歳を過ぎたばかりの小娘二人は、こんな会話をしていたのだった。

スキー参加者全員が簡単な自己紹介をしたあと、一言祈ってから出発。さっきのスカイラインは、同僚に誘われて参加したという男性の車だったので、もちろん私たちは迷わずスカイラインに乗り込む。

練馬インターから関越道へ。スカイラインの助手席には、朝顔教会の田和さん、運転席にはその同僚だという、車の持ち主の男性、そしてエリちゃんと私が後部座席に座った。結局、三人のクリスチャンに囲まれることになってしまった運転手の男性だったが、気さくでユーモアのある人という第一印象だった。名前は乙幡隆さん。珍しい苗字なので、思わず、

「えっ、それってニックネームですか？」

と聞き返してしまった。それを聞いた乙幡さんは、人懐っこく笑っていた。

一晩中車は走り続け、翌朝早く、新潟県越後湯沢の「ペンション・ノア」に到着。名前はキリスト教的だが、オーナーがクリスチャンというわけではないそうだ。軽く睡眠をとってから、湯沢新日本スキー場（現在は湯沢パークリゾート）のゲレンデへ。このスキーに参加しているのは、小学生から年配者までの十六人という一風変わった集団。それに、元旦礼拝のメッセージのためだけに、高中牧師も来てくださっていた。

参加者の中でスキー初心者は私を含めて二人だけ。その初心者グループのコーチに乙幡さんが立候補した。何でも少し前に大きな病気をして、久しぶりのスキーなので、初心者を教えながらゆっくりと雪景色を見ていたいと言う。

エリちゃんたちスキー経験者はリフト乗り場に向かい、私たち初心者グループ三人

だけが残る。しばらくすると、もう一人の初心者の男性はマイペースで滑り始めてしまい、結局私が乙幡さんのマンツーマン指導を受けることとなる。私は遊びでスケートをやったことがあるせいか、意外と調子よく前進できるようになった。しかし急斜面になると、時々外れてしまうスキー板を履き直しながら、何分もかかってようやく滑り降りるということの繰り返し。私が悪戦苦闘している間、乙幡さんは板を履き直す私に手を貸したりアドバイスしたりしながら、じっと待っていてくれた。異性の前だと変に緊張してしまうことのある私なのに、とてもリラックスしているのが自分でも分かった。乙幡さんは、今まで私が会ったことのないタイプの男性という印象だった。

初めてのスキー場で迎えたお正月。朝食を済ませたあと、ペンションのダイニングで元旦礼拝をもつ。ノンクリスチャンは強制ではないが、初めて聞く讃美歌に戸惑っているような乙幡さんの姿が見えた。高中先生は、旧約聖書イザヤ書からメッセージをしてくださった。

「……たとい、あなたがたの罪が緋のように赤くても、雪のように白くなる。たとい、紅のように赤くても、羊の毛のようになる。」

（イザヤ書一章十八節）

乙幡さんにとって、これが生まれて初めて聞く聖句（聖書の中の言葉）で、後に洗礼を受ける決心へと彼を導いた一節となったのだった。

2　岩原スキー場事件　～お腹空いちゃった～

同じゲレンデばかりでは飽きてしまうという皆の意見で、一月二日は近くの岩原スキー場へ出かけたのだが、そこで、生涯忘れることのできない事件（？）が起こる。ここで一番の難所である上級者コースへチャレンジしようということで話がまとまった。もちろんスキーを始めて数日の私には無理なので、リフト乗り場で待っていると言ったのだが、

「大丈夫、大丈夫。行ってみようよ」

と言う乙幡さんの言葉に後押しされて、私もリフトに乗ってしまったのである。ところが、上級者向けの急斜面である上に、たくさんのコブがゲレンデにできており、ガリンガリンに凍ってアイスバーンになって光っているのが見える。上級者でさえも一瞬、滑るのをためらっており、転んでスキー板を斜面に流してしまっている人の姿も見える。そこをスキー四日目の私が滑り降りようとしているのだから無茶苦茶だ。スキーヤーにとって恥ずかしい、リフトに乗って降りるという選択肢もあったのだが、

「大丈夫、何とかなるよ」

と言う乙幡さんの言葉に「無理」とは言えなくなり、急斜面にチャレンジすることになってしまった。滑るというよりは、スキー板と一緒に流されているという感じで、少しずつ降りていく。少し進んでは転び、その拍子に板がブーツから外れて流れていってしまう。その度に板を片手に斜面を上がってきてくれる乙幡さん。時には見ず知らずの人まで、私を可哀想に思って拾ってくださる。全身汗だくで、今にも泣きたい気分だ。でも滑り始めてしまった以上、後戻りはできない。こうなったら転がり降り

てでも自力で進むしかない。

普通なら数分で降りていかれるだろう急斜面を、結局二時間近くかけてようやく降りることができたのだった。その間、嫌な顔一つせずに付き合ってくれた乙幡さん。何という忍耐強い人なのだろうと、私は感動に近いものを覚えた。

午後二時近くなってようやく皆の待つレストランに到着する。二人共お腹ペコペコなのに、昼食のオーダーは終わってしまい、デザートメニューしか扱っていないと言われてしまう。

「ごめんなさい、私のせいで……お腹空いちゃったでしょう？」

と謝る私に、

「そうだね。お腹空いちゃったね」

と言って、にっこり笑う乙幡さん。「そんなことない、大丈夫」という返事を予想していたので、飾らず正直に答えてくれたことに、とても親しみを感じた。結局、乙幡さんはチョコレートパフェを美味しそうに食べ、私も甘いデザートで心身の疲れを癒すことになった。一方スキーについては、もう二度とやりたくない、と思ったのは言うまでもない。

一月三日、いよいよ東京へ帰る日がやって来た。皆は最後に滑ってから帰ると言うが、私には滑る元気はない。しかし皆さんが誘ってくれたのと、どうせ二度とやらないスキーなんだから、最後に一度だけならばと考えて、行くことに決める。ところが昨日のアイスバーンの急斜面で鍛えられたのか、思ったよりスイスイ滑ることができ、またスキーをやってみてもいいかなという気持ちに変わっていったのだった。

帰りは、乙幡さんのスカイラインの助手席に座ることになった。実は、スカイラインの助手席という「特等席」は皆が遠慮していたらしく、最後まで誰も座ることなく空いていたのだった。今までの私だったら、遠慮して座らなかったと思うのだが、この時はなぜか、

「私、スカイラインに乗っていいですか？」

と、立候補したのだった。もしここで遠慮していたら、歴史は変わっていたかも知れない。昼ご飯を湯沢で食べて出発したが、道路が大渋滞していたので、都内に戻ってきたのは日付が変わった真夜中だった。大渋滞の長い道のりが、私と乙幡さんに会

話の時間を与えてくれた。

乙幡さんは一昨年の夏、炎天下でテニスをしている時に突然意識を失って病院へ運ばれ、急性心筋梗塞という診断で、四十日間病院のベッドで絶対安静の状態であったことを話してくれた。そして私は、山梨県の大学まで往復六時間の通学で大変だけど、小さい頃からの夢である小学校教師に何としてもなりたいと願っていること。残念ながら今年の教員採用試験に落ちてしまったので、卒業後は就職浪人の身であり、再度チャレンジすることなどを話した。

「乙幡さんは何歳ですか？　二十五歳くらい？」

という私の質問に、にっこり笑いながら、

「わりと若く見られるけれど、これでも三十二歳です」

「大学生に間違えられませんか？」

「そこまで言うと、大袈裟《おおげさ》だね」

と、再び親しみのこもった表情で笑う。私より年上だろうとは思っていたが十歳も上とはビックリだった。いろいろな話をしながら、乙幡さんの前では、素直な自然体の自分でいられる安心感のようなものを感じ、忘れられない存在になりそうな予感がした。

3　「ナンバーX」からの手紙　～就職浪人生の心の支え～

スキーから帰って迎えた最初の日曜日。教会での礼拝が終わって、エリちゃんと私はチャペルのオルガンの前でおしゃべりを始めた。楽しかったスキーの話が中心だったが、その時私の口から重大発表がなされたのだった。

「実は湯沢のスキーで忘れられなくなった人がいるんだけど、誰だと思う？」

エリちゃんは、この人かな？　と思われる人を次々に挙げていったのだが、なかなか正解にならない。結局、最後まで乙幡さんの名前が登場しないので、私の口から発表することになった。するとエリちゃんはあまりの驚きで、座っていた椅子から落ちそうになったのだった。十歳も年上の乙幡さんは、想定外だと思ったそうだ。しかし、その後、エリちゃんが結婚したのは、同じく十歳年上のアメリカ人だった。

私は、乙幡さんと連絡を取りたいと思った。

そこでエリちゃんの協力を得て、スキー参加者全員に、お礼の葉書を連名で出すことにしたのだった。そして男性陣の中で唯一、返事をくれたのが乙幡さんだった。葉書の最後に、「またスキーに行きましょう~頑張り屋の洋子ちゃんと、よく眠るエリちゃんへ」と書いてあることに、エリちゃんは納得できないと笑っていた。その後、湯沢スキーのメンバーを中心として、何度かスキーに行くことになり、乙幡さんと連絡を取り合うようになっていった。

三月に大学を卒業し、チャレンジ二度目の教員採用試験の行われる七月までは必死に受験勉強をした。近所の図書館へ出かけ、朝から夕方まで休みなく勉強した。私の生涯の中で、これほど勉強したことはないというくらい頑張った。

受験勉強中に一度だけ、乙幡さんと渋谷で食事をした。スーツに黒のトレンチコート姿。ゲレンデの雰囲気とはずいぶん違って見えたことを覚えている。何度もスキーに連れていってもらったお礼にと、スキー場で使えるような、手作りのリュックサックをプレゼントしたのだ。今見ても、とても売れるような出来ではないが、乙幡さんは喜んでくれた。その後、採用試験が終わるまで会うことはなかったが、いつも遠くで応援してくれる人がいるという安心感を、私はもつことができた。

七月に教員採用試験一次を通過し、八月には二次、九月に面接試験を終えて一息。早速、湯沢スキーのメンバーで、軽井沢へのテニス合宿を計画する。男性陣の連絡係が乙幡さんで、女性陣担当が私だったので、宿舎やテニスコートの予約を、二人で連絡を取り合いながら進めた。ここには私の兄や友人たちを誘ったのだが、友人たちが乙幡さんと顔見知りになっていくのが嬉しかったものである。

軽井沢から帰った私は、高校時代の友人と二人で、一週間の北海道旅行へ。北海道へ行ってみたいと話していた乙幡さんに、北海道の雰囲気を伝えようと、一日一枚絵葉書を送る。この時から、私の手紙作戦（？）がスタートし、結婚へと導かれるまでの三年間、ほぼ毎日手紙や葉書を書いて送り続けた。もともと文章を書くことが苦ではない私だったが、毎日書いているうちに、書くことが楽しくなっていった。初めは、その日の出来事等のとりとめのない内容だったが、就職してからは、仕事上の悩みや、毎朝聖書を読んで考えたことを書くようになっていった。筆不精の乙幡さんからは、滅多に返事は来なかったが、仕事から疲れて帰ったところで、ポストに手紙が届いているのが嬉しいと話してくれた。差出人は、名前ではなく私のトレードマークの「ブタのサイン」と、何通目の手紙かを示すナンバーだけだったので、毎日届けてくれた郵便屋さんも、不思議に思ったことだろう。

北海道旅行から帰った私は、区役所や銀行でのアルバイトと家庭教師をして過ごした。比較的休みを取りやすいので、平日にテニスやスキーを計画し、乙幡さんの同僚や私の友人を誘った。二人で会うことも多くなり、私は結婚のために祈るようになっていった。

しかし、価値観の違うノンクリスチャンとの結婚に進む勇気は私になく、（私の伴侶として計画されているのが乙幡さんなら、神さまは必ず教会へと導いてくださるはずだ）という確信をもって祈り続けた。私にとって忍耐と訓練の三年間であり、乙幡さんにとっては長くて辛い三年間だったかも知れない。

その後、幸いにも教員採用名簿に登録され、三月二十七日、私の二十三歳の誕生日が辞令交付式となった。誕生祝いをしてくれるということで、待ち合わせ場所である東池袋に行くと、いつものようにほぼ時間どおりに迎えに来てくれた。そして車に乗った途端、後部座席から大きな花束が。

「花束なんて買ったことがないから、どんな花がいいのか分からなくて」

と恥ずかしそうに話す乙幡さん。私には、その優しさが十分に伝わってきた。そして、もう一つのプレゼントはラッコのぬいぐるみ。

プレゼント用に包んでくださいと言ったら、お店の人に、「お子さんにですか」と言われてしまったと苦笑していた。今日が辞令交付式だったことを報告すると、自分のことのように喜んでくれた。そして久しぶりに手紙をくれた。


誕生日おめでとう。いつまでも素直さを失わない、素敵な女性であってください。年齢というものは本のページのように、ただの目安に過ぎないものであるかも知れませんが、同時に重ねていく度に、心に一本ずつ傷を負って、その傷の深さだけ、また優しい心を持つことができるのだと思います。生きていくということは、時として楽しいことよりも、辛く悲しいことの方が多いものです。まだ人生は始まったばかりです。これからも色々な困難が待ち受けていると思いますが、どうか頑張って生き抜いてください。バースデーメッセージのつもりが、またまた説教になってしまったようです、失礼しました。（後略）

4　結婚への長い道のり　～山あり谷あり～

四月から、小学三年生四十四人の担任となる。数日前までの気楽な身分から一転して、ベテランの先輩教師と同じ仕事をするのだから、そのプレッシャーは大変なものだ。子どもだけでなく、保護者とどう関わったらいいのか悩みは尽きない。そんな中、いつも適切なアドバイスをしてくれたのが乙幡さんだった。教育学とは無縁だった彼だが、そのアドバイスはいつも的を射ていた。どんなに仕事で疲れていても、電話をすればじっくりと話を聞き、親身になって相談に乗ってくれた。

♥一九八五年五月、乙幡さんの手紙より♥

サラリーマン先生には、なってほしくありません。女性なりにですが、ぜひ熱中先生になってください。小学校時代の先生と言うのは、大人になってからも良く覚えているものです。無理していい先生になることはありませんが、自分の持っている情熱を惜しみなく出せば、それでいいと思います。

親身になって話を聞いてくれるという姿勢は、結婚後もずっと変わらなかった。テニスやスキーへは、大勢でワイワイと出かけた。お互いの友人や同僚を誘って、乙幡さんの会社の保養所や別荘に泊まって自炊するという安上がりなツアーが常だった。

兄も一緒に蓼科《たてしな》でテニスをした時、こんなことがあった。皆は疲れて眠ってしまっていたが、兄と乙幡さん、そしてエリちゃんと私は眠れずに、会社の別荘のリビングに集まっていた。いろいろな話をしているうちに、キリスト教の話になり、クリスチャンであるエリちゃんと私に対して、ほろ酔い加減の兄が少々批判的なことを言い始めた。すると、黙って聞いていた乙幡さんがこう言ったのである。

「お兄さん。言ってることは間違ってはいないけど、お酒を飲んでするような話じゃないと思いますよ。二人に失礼じゃないかな」

兄の酔いは一気に醒め、私たちに謝った。そんな出来事があった後、兄は私にこう言った。

「乙幡さんは自分の考えをしっかり持っている人だね。あんな人は、なかなかいないね」


私は十八歳の時にキリスト教の洗礼を受けた。その時から、結婚相手はクリスチャン以外に考えられないと思ってきた。それはクリスチャンでなければならないのではなく、価値観の違うノンクリスチャンと共に生きていかれる強さが自分にはないと思っていたからである。次第に、私たちは結婚を意識するようになり、私の考えを伝えなければならない時がやって来た。それは場合によっては「別れの時」となるのである。

「クリスチャンでなければ結婚しません」とは何という傲慢な言葉だろうか。でも、それを伝えずにお付き合いを続けることは、乙幡さんに対して失礼だと考えた。

何日も祈って考えて、クリスチャンの友人たちにも祈ってもらい、正直に私の思いを乙幡さんに伝えた。

自分はクリスチャンでなければ結婚しない。もしキリスト教に百パーセント反感を持っていて、教会に行く気が全くないなら、お互いのためにもう会わないほうがいいと思う。でも、もし少しでもキリスト教に関心があるなら、教会に行ってみてほしい。そうしたら私は、乙幡さんが信仰を持つ日が来るまで何年でも待っている。私が話し終えると、黙って聞いていた乙幡さんがこう言った。

「いつか、そう言われるだろうと、ずっと前から分かっていたから驚かないよ。実は僕は今まで、こんなふうに考えて生きてきたんだ。もし二つの道のどちらか一つを選択しなければならない時は、より積極的なほうを選ぼうと。だから教会に行ってみることを選択するよ。何も知らないのに批判するのはおかしいからね。教会に行ってみてからでも、批判するのは遅くはないから」

それから乙幡さんの求道（キリスト教信仰をもつために礼拝に出席したり、聖書を読んだりすること）が始まった。教会の特別伝道礼拝やクリスマス礼拝、青年の集い、ついには一泊の夏期修養会にも参加してくれた。私は以前にも増して、乙幡さんの救いのために祈るようになり、信仰に関する本を贈ったり、聖書を読んで思ったことや教えられたことを毎日手紙に書いて送ったりした。

しかし、「奇蹟の時」は訪れることなく一年が過ぎた。一年とは短いものかも知れないが、その時はとても長く感じられた。そして、結婚するための求道では、本当の意味で信仰を求めていることにならないのではないか。私に会うためではなく、神さまに出会うために教会に行くのでなければいけないのではないかという厳しい考えが頭に浮かんだ。そして、その一方で、すでに三十五歳になっていた乙幡さんのことを思うと、結婚してから教会に行かれればいいのではないかという、いろいろな考えが私の中にあった。でも結婚に踏み切ることはできなかった。

そんなある日の朝、聖書を読んでいたら、次のような聖句が私の心に響いてきた。

「神は全ての人が救われて、真理を知るようになるのを望んでおられます」

「ですから、あなたがたの確信を投げ捨ててはいけません。それは大きな報いをもたらすものなのです。あなたがたが神の御心を行って、約束のものを手に入れる為に必要なのは忍耐です」

「主は、ある人たちが遅いと思っているように、その約束のことを遅らせておられるのではありません。かえって、あなた方に対して忍耐深くあられるのであって、一人でも滅びることを望まず、全ての人が悔い改めに進むことを望んでおられるのです」

「何事でも神の御心にかなう願いをするなら、神はその願いを聞いてくださるということ、これこそ神に対する私たちの確信です。私たちの願うことを神が聞いてくださると知れば、神に願ったそのことは既に叶えられたと知るのです」

「さまざまな試練に遭う時は、それをこの上もない喜びと思いなさい。信仰が試されると忍耐が生じるということを、あなたがたは知っているからです」


神さまは、一人でも滅びることを望まれないと聖書に書いてあるのだから、乙幡さんが救われることは神さまの御心にかなっているはずである。そして祈りは、天においてすでに聞かれているのであって、あとは神の定められた時が来るのを待つだけなのだと確信したのだった。そして、こうして待っていることによって、神さまは私に「忍耐すること、信じて祈ること」を教えようとしておられるのだと分かったのだった。

さらに、次の聖句が稲妻のように私の心の中を走り抜けていった。

「互いの権利を奪い取ってはいけません。ただし祈りに専心する為に合意の上でしばらく離れていて、また再び一緒になるというなら構いません。あなたがたが自制力を欠く時、サタンの誘惑にかからない為です」

「彼がしばらくの間あなたから離されたのは、たぶんあなたが彼を永久に取り戻す為であったのでしょう」

夏休みが終わろうとしていたある日、私は非常に厳しい提案をすることとなる。

「私たち、しばらく会わないほうがいいと思います。

乙幡さんには、私抜きで神さまと向き合ってもらいたいのです。声を聞くと会いたくなってしまうので電話も我慢します。手紙は今までどおり毎日書きます。返事は要りません。ただ読んでもらえたら嬉しいです」

今、考えたら何という厳しくて自分勝手な提案だろうか。

黙って聞いていた乙幡さんは、

「君がそう決めたなら、そうするしかないだろう。神さまを信じることができるかどうか分からないけれど……」

そして、乙幡さんは、高島平の自宅から乗り換えなしで行かれる、明大前にある朝顔教会に出席するようになった。

5　大晦日の手紙　～一緒に幸せを探す～

それから数か月後の九月、ずっと病気療養中だった乙幡さんのお母さんが亡くなった。このことをきっかけに、彼は真剣に信仰と向き合うようになったそうだ。そして大晦日《おおみそか》に書いたという手紙が、私の元に届いた。

（前略）思えば、知り合って三年になります。あの時スキーに参加していなかったら、またその後、手紙や電話をもらっていなかったら、その時だけの付き合いで終わっていたかも知れません。今こうしているということは、やはり運命的なものを感じます。すべて神さまのご計画であると信じている貴女の考え方が、少しですが理解できるようになりました。（中略）私もいろいろと悩みました。特に教会へ行ってほしいと言われた時は、正直だいぶ考えました。キリスト教に対して偏見を持ってはいませんでしたが、特に興味を覚えていたというわけではありませんでした。しかし前にも話したように私は、二つの道のどちらかを選択しなければならないのなら、より積極的なほうを選ぼうと考え、実行してきました。だから教会へ行かないと考えるよりも、行ってみてそれから自分がどう変わるか、また変わらないかを考えてみることにしました。

しかし約一年間教会へ行ってみて、主旨は賛同できるけれど、自分がクリスチャンになることには決心がつきかねていました。もちろん、教会の人たちは優しく温かく接してくれて、一つのことに心を合わせている人たちは、何て素晴らしいのだろうと思わされました。

いつか私にもドラマチックに神さまが呼びかけて、洗礼を受ける時を選んでくれるものだと考えていましたが、そういうものはありませんでした。そしてこの夏、しばらく会わないほうがいいと言われた時はショックでした。

実はクリスマスに受洗（洗礼を受けること）を考えていたこともあったのですが確信を持てずにいたのです。そして九月、母の死を迎えたのですが、生前あれほど苦しんでいた母の顔は、とても安らかで優しい表情をしていました。母の死を悲しくないと言えば嘘《うそ》になりますが、長い間病気で苦しんでいたことを思えば、本人にとっては結果的に良かったのではないかと父と二人でよく話をしています。

ただ私にとって大きな問題は、遺された父のことなのです。前にも話したように、いろいろな問題を一つ一つ処理してゆかねばなりません。でも最近になって考え方が変わりました。自分一人で思い煩うよりも、一切を神に委ねてしまおうと。勿論、現実逃避ではなく、その中で自分なりに解決してゆこうと思うようになりました。結果的には、母の死が私に決心をさせたということになりますが、貴女の力も少なくはありません。

貴女がいなければ、また貴女が励ましてくれなければ、未だに昔と変わっていなかったと思います。そして何よりも、貴女のために今、そうしたいと思っています。

誰かのために受洗するという考え方は良くないと分かっています。でも今まで長い間待っていてくれた貴女の誠意に報いるためにも、そして自分自身のためにもそうしたいと思っています。

今少し前、年が明けて一九八七年になりました。月日の経つのは早いもので、また卯年になりました。ご承知のとおり今年三十六歳になります。

こんなオジサンで本当にいいんですか？　考え直すのなら今が最後のチャンスです。

私には若さも力も、お金もありません。持っているのは、ほんの少しの優しさだけです。それでもいいと言うのなら付いてきてください。苦労をかけないとは言い切れません。幸せを与えることはできないけれど、一緒に探すことはできると思います。

もう少し気の利いた言葉や言い回しをすればよいのでしょうが、精一杯考えてこれだけのことしか書けません。不器用者だと思って勘弁してください。

一月中にはご両親にご挨拶に伺いたいと思います（後略）

6　兄の太鼓判　～僕が保証するよ～

神さまは、一人ひとりの人生に深く関わってくださり、計画をたてておられるのだと思う。しかし同時に、私たちが選択できる自由意思も与えてくださっていると私は思う。

神さまの計画は、時にとても遅く感じられるので忍耐が必要だ。でもその時まで忍耐をもって待つことができた場合、神さまはすべてが順調に進むように、外堀を埋めておいてくださるものなのだと思う。

乙幡さんの洗礼式を四月のイースター礼拝で行うことが決まると、その一週間後に婚約式、そして六月に結婚式という予定がスムーズに決まっていった。

しかし一つだけ問題があった。それは私の両親に、乙幡さんの病気について話していなかったことである。兄に同席してもらい、三十一歳の時に急性心筋梗塞となり、家族には死も覚悟するように言われ、四十日の絶対安静の入院生活をしていたことや、今でも服薬は必要だが、日常生活での制限は過激な運動以外はないということをドキドキしながら話した。両親は、とても厳しい表情で黙って話を聞いていたが、私が話し終えると父が口を開いた。

「十歳年上というだけでもどうかと思うのに、そんな大きな病気をした人だなんて……。どうして彼じゃなくちゃいけないんだ」

するとと兄が、こんなことを言ってくれた。

「健康な人だって、突然の病気や事故で亡くなる場合もあるよ。彼は、しっかりした考えをもっていて、本当にいい人だと思うよ。それは俺が保証する」

この言葉で両親は何も言えなくなったそうだ。

新しい年を迎え、乙幡さんはお父さんと共に挨拶をしに我が家を訪れた。いわゆる「娘さんをください」というセリフを言いに、である。初めてお会いしたお父様は、大正生まれにもかかわらず、比較的新しい考えをする人のようだった。それは三十六歳の息子がキリスト教を信仰するようになり、教会に行っていることに対して反対しなかったことからも理解できる。長らく米軍横田基地に勤めていた影響もあるのかも知れない。時々ぽろりと飛び出す「ジャパニーズイングリッシュ」に、とても好感のもてるお父様だった。

ひと通りの挨拶が終わり、二人は帰っていった。兄の太鼓判もあり、反対こそしなかった両親であったが、この時点では全面的な賛成ではなかったことを後に話してくれた。

結婚式は長津田キリスト教会で執り行った。

ここは私が中学一年生の時、友人に誘われて日曜学校に行って以来、ずっと出席している教会である。百人入ったら、会堂の床が抜けてしまうのではないかと

手作りの結婚式（1987年６月27日）
ウエディングドレスは友人からの借り物。

心配になるような、古い建物だったが、互いの親戚や友人、同僚を招待し、食堂いっぱいの人たちが私たちの結婚を祝福しに集まってくださった。教会の方々の全面的なご協力のお陰で、「手作りの温かい結婚式」を、互いの親たちも私たちが招待するというスタンスで実現することができた。

花嫁が幸せになるという「ジューンブライド」……六月二十七日が結婚記念日となったのだった。

7　日曜はパパのカレーの日　～元祖イクメン～

「イクメン」という造語が市民権を得て久しいが、夫は「元祖・イクメン」だったと私は思う。今でこそ、共働きの夫婦が増え、子育て中の女性が働くことは珍しくなくなったが、今から三十年前の日本では、そう多くはなかったと記憶している。小学校教諭という仕事を選び、就職浪人までして夢を実現したことを知っていた夫は、妻が仕事を続けることは当然だと考えて、家事にも育児にも実に協力的だった。

毎朝、保育園へ息子たちを送っていくのは夫の役目で、前もって分かっていれば、お迎えも頼むことができた（夫婦共に車通勤だったので、それぞれの車にチャイルドシートが常備されていた。子育て最盛期は何と、我が家には四台のチャイルドシートがあったのだ）。

朝食作りは夫、子どもたちの身支度をするのは私、そして私が先に家を出る。保育園の迎えは私が行く代わりに、夫はスーパーでの買い物を仕事帰りに済ませてくれる。私が夕食の支度をしている間、本を読んだり一緒にビデオを観たりして夫が子どもたちの相手をしてくれる。夕食を家族全員で囲まない日は、ほとんどなかった。そして、日曜日は家族皆で教会へ行き、長期の休みには私の両親も一緒に旅行する。

夫は長野県が大好きで（老

元祖イクメンのパパ（1996年春）
息子たちはみんな、パパが大好き。

後は蓼科に住みたいと話していた）、夏は避暑に冬はスキーにと、たびたび長野へ出かけた。運転好きな夫は、いつも運転手で、私と両親と子どもたちは後部座席でわいわいと過ごすというのが、いつもの旅のかたちだった。

結婚当初から私は、年に二回近況を文章にまとめて、友人たちに読んでもらうということを続けている。その文章を以下に引用したい。

友人たちへ送った近況（一九九五年一月）

今までも、朝食の支度と夕食後の後片付けは夫が進んでやってくれていましたが、最近つわりが始まってぐったりしている私を気遣い、さらに多方面にわたって協力してくれるようになったのです。朝食を用意し、二人の子どもを保育園に送り、会社帰りにスーパーで買い物をし、夕食を作り、子どもたちを風呂に入れたり歯磨きの仕上げをしたりし、絵本を読んで寝かしつけ、夕食後の片づけをし、私の仕事の手伝いでワープロ打ちをするというような……。あまりに申し訳ないと思っていると、夫から、「ママは、お腹の中で新しい命を育てるという、大事な仕事をしているのだから当然だよ」と言われて驚きました。

長男の時には、おむつを替えることもできなかった夫が、次男のウンチの後始末をするようになり、今では二人を連れて公園で遊ばせてくれるようになりました。三人のパパとなったらどんなふうになるか、今から楽しみです。

夫は、子煩悩な父親というだけでなく、妻としての私をとても大切にしてくれる人でもあった。私の誕生日とクリスマスには、自分ではなかなか買わないような、あらたまった場所で着られるようなスーツを毎年プレゼントしてくれた。

しかも、必ず一緒にデパートへ行って、私が試着するのを見て、ああだこうだとコメントしてくれるのだ。

仕事に追われて行き詰まっている時には、気分転換に付き合ってくれた。私は外出するのが好きだし、夫は運転が好きだったので、

「今夜は山中湖で夕食を食べよう」

と仕事が終わってから出かけることもあった（一番遠かったのは、長野県の蓼科まで三時間かけて夕食を食べに行ったことだ）。

8　順風満帆の日々　～いつも節目は二年ごと～

偶然にも二年に一つ、私の人生にとって大きな出来事があった。

一九八三年　夫となる乙幡隆と出会う
一九八五年　小学生の時からの夢だった「小学校教師」となる
一九八七年　結婚式
一九八九年　長男誕生
一九九一年　次男誕生（義父死去）
一九九三年　私の両親との二世帯住宅完成
一九九五年　三男誕生

そして、何も起こらないはずの一九九六年九月一日、最愛の夫・乙幡隆は天に召されたのである。

第二章　ひと夏の出来事

1　不吉な咳から検査入院　～心臓の限界～

友人たちへ送った近況（一九九五年八月十日）

夫は、冬から春にかけてひどい咳《せき》に悩まされました。気管支喘息《ぜんそく》と診断されましたが、薬により落ち着いています。一時は発作が起きると声も出せなくなり、息ができずに死んでしまうのではないかと思ったこともあったそうです。発作が起こるのは大抵夜中なので、私も子どもたちもぐっすりと眠っていて、そんな大変な状態だったとは知らず、あとで夫から話を聞いて恐ろしくなりました。花粉のアレルギー反応だったかも知れず、今は落ち着いています。そんなわけで、心臓の薬と喘息の薬を両方飲んでいる状態です。さらに歯茎に膿が溜まってしまい、九月上旬に膿の切除手術を受けることになりました。手術そのものは部分麻酔でできる簡単なもので、入院は一週間ほどで済むのですが、手術中に喘息の発作が起こらないとも言えず、とても心配です。心臓も決して丈夫なほうではないので。

友人たちへ送った近況（一九九六年一月十一日）

夫は、すっかりパソコンオタクになってしまっています。何でも凝り性の人なので、夜も寝る間を惜しんでパソコンに向かっているようです。仕事半分趣味半分といったところでしょうか。ただパソコンを始めるようになってから、少し人が変わってしまったように思います。ごろ寝しながらテレビを観ている父親なら、子どもたちがまとわりついてきた時に相手になれます。でもパソコンに向かっているパパは、子どもたちにとっては近づきがたい存在になってしまっているようなのです。私が家事の手を離せない時に限って三男が泣きだす……こんな時、以前ならすぐに抱っこをしに来てくれた夫が、まるで自分とは無関係だというような顔をしているのです。

あとでその話をすると、「ひとこと言ってくれれば手伝ったのに」と言いますが、どうも声をかけづらい雰囲気なのです。そして私は一人、心の中で夫への不満をつぶやいてしまうのです。「あなたの笑顔は、きっと誰かを幸せにする」というCMのキャッチコピーがありますが、最近の私は常に不満気な顔を夫に見せてしまっているように思います。

友人たちへ送った近況（一九九六年八月十日）

前回、近況報告を書いたあと、夫にコピーを頼みました。「読んでもいいよ」と言っても、今までは読むことのなかった夫だったのですが、今回に限っては読んでしまったらしく、特に「パソコンオタク」という箇所に目が留まったと言っていました。口ではなかなか言えなかったことが夫に伝わったお陰で、パソコンに向かう時間がぐっと減り、子どもたちが起きている間は、ほとんどパソコンに向かわなくなりました。でも腕白坊主《わんぱく》三人の賑《にぎ》やかさに耐えられなくなると、寝室へ避難することはありますが、それは四十五歳という年齢になれば当然なのかも知れません。この年齢の父親なら、子どもは中学生か高校生というのが一般的でしょう。それが一歳の乳飲み子を始めとして、まだまだ手のかかる、子どもたちがいるのですから、疲れるのも当然かと思います。

最近は体調が今一つで、風邪もよくひき、礼拝に出席できるのも月に二回ほどという夫。どこか変だねと話していたところ、七月中旬から吐き気、食欲不振、不眠、そして腹痛に悩まされ、ついに入院となってしまったのです。

初めに一週間だけ入院し、その後は自宅療養となったのですが、少しは眠れるようになったものの吐き気が止まらず、八月初めに再入院となりました。今も入院中で、長ければ八月いっぱいは療休になりそうです。食欲は少しずつ戻ってきたようですが、病院での眠れない夜が続いています。八年ほど前に患った胆石症の関連で膵臓《すいぞう》に炎症が起こっているのではないかということで、現段階では急性膵炎と診断されています。

そんな夫が、ついに禁煙の決心をしてくれました。心臓にも喘息にも悪影響の喫煙、百害あって一利なしです。胆石症の手術をしたあとも、早く煙草を吸いたいと思ったそうです。手術後の痛みも、禁煙の決心にはつながらなかったようです。たとえば「私への誕生日プレゼントは禁煙にして」と頼んでも、煙草を止めてはくれませんでした。しかし今回ばかりは本当に長くて苦しい闘病生活で、ついに禁煙の決心をするに至ったことには感謝しています。

というわけで、今年の夏休みに計画していた旅行はすべてキャンセルとなりました。子どもたちは「旅行よりパパの体のほうが大切だもの」と言ってくれます。優しい子どもたちに育ってくれていることに感謝です。お陰で毎日、家の中は賑やかな歓声で溢れていますが、喧嘩《けんか》しながらも兄弟三人仲良く遊んでいる声を聞くのが、今の私の一番の安らぎです。

夫は三十一歳で心筋梗塞を患って以来、ずっと通院はしていたし、薬も飲んでいた。過激な運動の禁止（特に水泳）以外は、普通に日常生活を送れていた。しかし四十五歳の誕生日を過ぎた頃から、体調不良を訴え始め、とても疲れやすく、休日は横になっていることも多くなっていた。風邪をひきやすく、熱を出すこともしばしばで、七月に入ると食欲が低下していった。

そこで検査の目的で、かかりつけのT病院に入院することになったのが七月二十二日だった。私は日直当番で一日出勤だったのだが、事情を説明して早退させてもらった。そして二十九日には退院するも、回復しないので八月七日に再入院となる。この一週間あまりの時間が、夫にとって自宅で過ごせる、貴重な時間となるとは誰が予想しただろうか。入院後も家に帰りたがった夫は、外泊許可をもらい、八月十三日の晩を自宅で過ごし、十四日には病院へ戻り……そして、二度と家には戻れなくなったのである。

2　パパ、初めて救急車に乗ったよね　～転院から召天まで～
闘病記より

【一九九六年八月二十八日　水曜日】

今日は夫の転院の日だというのに、朝からの雨で、ちょっと憂鬱。五時半に起きて身支度を済ませ、ダンベル体操をするパワーあり。次男と三男を六時半に起こすと、長男も起きてしまう。でもテレビを見ていて、着替えようともトイレに行こうともしないので放っておく。昨夜、ドブソン博士の「上手なしかり方」のビデオを遅くまで観ていた私は、今朝は長男を叱る気にならない。

七時四十分、次男と三男を保育園に連れていく。三男は二日連続で泣き、次男はちゃんとバイバイしてくれた。お兄ちゃんになったね。帰宅して車を車庫に入れ、今度はバスに乗る。駅に着く頃には雨もあがり、駅からT病院まで商店街をてくてく歩いた。結構元気な私である。

T病院では、今一つ納得のいかない治療だったが、それがT病院の限界だったのだと思う。お医者さんや看護師さんには正直なところ「お世話になりました」と言いたい心境ではないのだが、夫のために病院としてできる最善を尽くしてくれたのだからと、キャンディーを一缶買う。品物でお礼するというのは少しひっかかるところもあるけれど、看護師さんたちが一息つければいいなと思ったのである。

途中、シュークリームで一躍有名になった洋菓子店が早々と営業していたので入ってみる。缶を包んでくれた店員さんに見覚えがあったのでよく顔を見たら、北山君のお母さんだった。教師になって初めて担任し、三年生から四年生まで二年間担任させてもらったクラスの北山君だ。あの子たちは結婚式に花束を届けてくれて、一緒に写真も撮ったし、私が肺炎で入院した時にはクラスごとに病室までお見舞いにも来てくれた。あの子たちも、二十歳になるそうだ。北山君は一浪して専門学校で工学を学んでいると、お母さんが少し恥ずかしそうに話してくれた。長男の誕生しか知らなかったお母さん。私が三人息子の母親となったことを話すと、とても驚いておられた。「お子さんたちにシュークリームを持っていってください」と、箱に詰めてくださろうとしたけれど、今日はこれから救急車で転院する予定で、何時に帰れるか分からないのでと、丁重にお断りする。そして後日、必ずシュークリームを頂きに来ますと図々しい約束をして店を出る。何だか不思議と爽やかな気持ちである。

医師と会うのは九時の約束だったが、五分前に病院到着。入口の自動ドア近くに数人の人影が見える。何だろうと思いながら入ると、「おはようございます」と病院スタッフが私に挨拶。（こりゃ、デパートの開店と同じだね）と皮肉なことを考えながら、ソファに腰かけた。九時になると、「ただいまから、本日の診察を始めさせていただきます」というアナウンス、ますますデパートみたいだ。もう少し違うところに労力を使ったほうがいいいんじゃないかと、少し冷めた目で見ていたのは私だけだろうか。

九時を過ぎたので先に会計を済ませる。三週間入院して十五万円の支払い。一週間五万円とは、やはり治療費の高い病院だと思った。三階のナースステーションへ行く。主治医の姿が見えたので、「おはようございます」と二回も声をかけたが返事がない。聞こえているはずだと思うのだが……。そのうち看護師さんが出てきた。そう言えばT病院は、医師とコンタクトを取りたい時は、必ず看護師さんを通さないとダメだったし、電話してくるのも看護師さんだったのを思い出して、ちょっと違和感を持つ。夫の服が病院貸し出しのものであり、胸には心電図のシールが貼ってあり、点滴の管も出ているのを忘れていた。鞄《かばん》に入ったTシャツとスウェットを着られるはずがないのだ。服を返却しなければならないので、仕方なく一階の売店で浴衣《ゆかた》を買うこととなる。

ＩＣＵが何だかせわしい雰囲気になり、主治医の猪木先生がレントゲン写真等を持って出てきたので、「よろしくお願いします」と挨拶すると、今度は返事があってホッとする。主任看護師さんにお礼のキャンディー缶を渡してＩＣＵをあとにする。

駐車場では救急車が待機。病院のスタッフが運転手となり、猪木医師と私が同乗する。いよいよ救急車がスタート。駐車場から一般道に出た途端、けたたましいサイレンの音が鳴り始めた。救急車乗車初体験の私。違法駐車で流れの悪くなった道を、救急車はどんどん進んでいく。当然のことだが赤信号は関係なく、車が皆、端に避けてくれるのだ。

保土ヶ谷バイパスも渋滞していたが、サイレンを鳴らして路肩を走り抜けていく。

ちょっぴり優越感をもった私だったが、苦しそうな夫の姿を見て反省。横浜横須賀道路も滑るように走り抜け、並木で高速を降りる。一般道に入ってからは、明日から自分が病院へ通うためにしっかり道を覚えておこうと目を凝らす。T病院から県立循環器呼吸器病センターへは三十分で到着した、さすがは救急車。救急入口で、年配の守衛さんが四人出てきて、「乙幡さんですね」と言うと素早くキャスター付きベッドを降ろし、夫の着替え等の入ったボストンバッグも持ってくださる。守衛さんたちの好印象が、そのままこの病院の印象だと思えて、安心感をもつ。とりあえず二〇六号室へ。

猪木医師は、こちらの主治医となる西山先生と引き継ぎのために別室へ。入院の手続きをしてくださいと看護師さんに言われたので、救急車の運転手さんにお礼を言って一階へ。そう言えば看護師さんに「ご家族の方ですね。娘さんですか？　えっ、奥さんですか？　ごめんなさい」と言われたっけ（笑）。

手続きをして病室に戻ると、夫が何か言っている。喉が渇いたらしく、「何か飲み物を買ってきて」と不機嫌そうに言う。水分は摂りすぎないように言われているので、

「今は駄目。看護師さんに聞いてみるから」

と答えると、自分で買ってくるからいいと怖い顔。自分の足で歩ける状態ではないので何とかなだめて看護師さんに氷を一つもらって口に入れてあげた。ティッシュを水で濡らして唇を湿らせてあげたら少し落ち着いたようだった。

申し送りが終わったらしく、医師や看護師さんたちがドタドタ入ってきた。ベッドごと移動すると言うのだが、夫は一体どこへ連れていかれるのか……。嫌な予感がした。

移転先は東病棟三階のＩＣＵ。重々しい扉を開けないと入れないところが、Ｔ病院のＩＣＵとの大きな差を感じる。処置が終わるまで家族控室で待っていてくださいと言われたので、控室へ。そこで昼食抜きで二時間待たされる。何となく鞄に詰めてきた聖書を開き、詩篇を終わりから読んでみる。普通は一篇から読むことが多いが、今日は最終篇から読んでみた。

私が十八歳の時に、キリスト教入信のきっかけになった百三十九篇が目に留まるが、そのうち眠くなってうとうとしてしまった。お腹もすいてきたが、インターホンでいつ呼ばれるか分からないので、夫のセカンドバッグに入っていたのど飴《あめ》を一つ頬張る。夫のことが思い出されて、せつない気持ちになった。

やっとインターホンで呼ばれてＩＣＵへ。スリッパに履き替えて清潔そうな白衣を着、使い捨ての帽子を被り、念入りに手の消毒をし、患者のいる病室までは三重の扉を通過しなければならない。Ｔ病院では一枚だけのＩＣＵ入口が、風通しをよくするためか常に半分開いていたのを思い出して苦笑してしまう。

夫は、たくさんの点滴のぶら下がった最新の機械に囲まれ、うつろな目をしている。新しい主治医の西山先生に呼ばれ、今までの経過等を聞かれたあと、とりあえず現段階の所見を聞かされた。軽い心不全だとＴ病院では言われていたが、ここでは心不全末期の状態だと言われてしまった。まるで頭を鈍器で殴られたようで、心臓もドキドキし始めた。夫の心臓は普通の人の三割ぐらいの役目しか果たしていないのが現状だそうだ。心臓の周りの壁が、かなり薄くなっており、ポンプの役目を果たせる圧力ももっていないそうだ。これは数日の間に急激に悪くなったというよりも、三十一歳で心筋梗塞を起こしてから、長年かけて少しずつ悪化してきたのだろうということだった。本人にも自覚症状があったのではないか。それでも無理を続け、だましだまし心臓を使っていたのかも知れないと。

三割しか働いていないということで、全身に送り出されるはずの血液が心臓内に残ってしまい、あちこちの内臓の働きも鈍くなっており、体内の水分も排出されにくくなっている。尿の出も悪く、このまま出なくなったら尿毒症の危険性あり。肝臓のダメージも大きく、ビリルビンの値が異常に高いので、黄疸《おうだん》や浮腫《むく》みの症状も出ている。これだけ考えても生命危機の可能性が十分あり。さらに総胆管結石の危険性もあり、これも心配。肺は比較的元気だが、肺炎でも起こしてしまったらアウト。そして何と言ってもこの心臓では、いつ動かなくなるとも限らない。薄くなった壁が破けてしまったりしたら、一瞬にして……と恐ろしいことばかり聞かされてしまった。

「今週もち堪えてくれればいいのですが」と言われたが、それは同時に、大変厳しいのだと言っているのだろうと私は捉えた。比較的冷静に話を聞けているつもりだったのだが、「お子さんは、まだ小さいのですか?」と聞かれ、「七歳と五歳と一歳です」と答えた途端、主治医が絶句した。それを見た私も、涙腺の栓が外れてしまったように、涙が止まらなくなってしまった。

夫のところへ戻ったものの、顔を見ると涙が溢れてきてしまうので、まともに見ることができない。T病院で、あれほど辛い思いをして、こんな結末が待っていたというのか！　浴衣に丁字帯等を買ってきてほしいと看護師さんに言われ、病室から外へ出る。誰もいない家族控室で、おいおいと泣いてしまう。自宅に電話すると父が出るが、無事に病院に着いたとだけ伝えるのがやっとで、病状について知らせることができずにごまかす。泣いたせいで鼻詰まりの声を不審に思ったらしい父に、エアコンの効いた控室で待っていたから、ちょっと風邪をひいたかもと嘘をついた。いずれは話さなくてはならない時が来るのだ。

何とか落ち着こう、朝から何も食べていなかったことに気づき、病院の食堂へ行く。四時を過ぎているせいか、誰もいない食堂が私の心の嘆きを一層強くしている気がした。わかめ蕎麦《そば》を注文して席に着く。食堂のテレビで、懐かしい「銀河鉄道９９９」を放送している。しかし、音がとても耳障りで、テレビのスイッチを切りたい気持ちがした。蕎麦の味が全くせず、まるで紙を食べているようだった。でも何か食べなければ、私が倒れてしまっては困ると無理やり口に押し込んだ。食事が喉を通らないとは、こういうことなんだと初めて分かった。家族の手術が終わったところなのか、お見舞いの帰りなのか、年配の方々が三人、食堂に入ってきてコーヒーを注文していた。何だか幸せそうに話していて、それが妬ましくさえ思えてしまった。気を落ち着かせて深呼吸して、教会と夫の姉夫婦のところへ電話をする。予想どおり、電話口で涙ぐんでしまう。もう涙を止めるのは不可能だ。そして、もう一度自宅へ電話して真実を話す。両親は予想もしなかった現実に驚いて言葉を失っていた。今夜は病院へ泊まるので、保育園に行った次男と三男の迎えを頼むと、両親は快諾してくれた。子どもたちのことは心配しないで安心してと言ってくれた。ありがたい。

　再び病室へ。やはり夫の顔を見ると涙が止まらなくなる。教会の中山さんが、医師の一人のような姿で、主治医と話しながら夫の病室へ入っていく後ろ姿を見て、また涙が溢れてきた。循環器呼吸器病センターに入院できたのは、医師である中山さんの紹介があったからだ。T病院での治療に不信感を抱いていた私に、セカンドオピニオンのアドバイスをし、レントゲン写真を始めとしたカルテの引き継ぎや、救急車での転院を交渉してくださったのも中山さんだった。感謝でいっぱいである。

家族控室で思い切り泣く。強がっても仕方ない。この際、涙が全部かれてしまえば泣くこともなくなるかも知れないと、かなり泣いた。公衆電話で、エリちゃんの実家に電話する。アメリカに住むエリちゃんには直接伝えたかったが、電話番号は家に帰らないと分からなかったのだ。

ちょうど一か月前の八月一日、最愛の息子さん（エリちゃんの弟）を若くして亡くされたばかり。そんなお母様に電話するのを躊躇《ちゅうちょ》したが、一刻も早くエリちゃん夫妻に伝えたかったのだ。声を詰まらせてしまっている私に、どうしたのかと心配してくださる、お母様の優しい声にホッとする。

「すぐアメリカに電話しておきますよ。私も祈ってますからね」と言ってくださった。

ロビーで中山さんに呼び止められた。私の目は真っ赤で、瞼《まぶた》も腫れ上がっているので、中山さんの顔をまともに見られず、またまた涙が溢れてきた。「もう少し早く分かって対応できていれば」と悔しそうに言ってくださる中山さん。（それは言わないでください。中山さんは最善を尽くしてくださったのですから）と心の中で私は答えていた。

病室へ戻ると、夫の姉夫婦が駆け付けてくれていた。そこでまた涙が溢れてきた。今日の私の涙腺は緩みっぱなしである。夫は二人が来てくれたのを分かっているのかどうか。「T病院へお見舞いに行った時、容態がおかしいなとは思ったのよね」と義姉。義兄は厳しい表情で、「T病院は何だったんだ」と呟《つぶや》いた。

義姉夫婦を見送り、看護師さんに転院に至った経過を聞かれる。紹介されてきたというより、私たちが転院を強く希望し、一日も早くと今日の日を待っていたことを話すと、「辛い思いをされたのですね」と共感してくださった。ここの看護師さんたちは、なぜこうも優しく穏やかな人たちばかりなのだろう。その優しい言葉に、またまた涙が溢れる。

毛布とシーツを借りて、家族控室へ。何とも言えない脱力感、虚無感。まだ八時だから眠るには早すぎるけれど、他に何もする気力もない。なぜか鞄に詰めてきた聖書も開く気にはなれない。でも祈ることはできた。それは、神さまに「どうしてですか」と訴えたかったからである。夫は今夜にでも天に召されてしまうのだろうか。

「神さま、まだ早くないですか？　私たち家族にとって、パパはまだまだ必要な人なんです。私一人で、どうやって男の子三人を育てていったらいいのですか？　車椅子の生活になろうとも、寝たきりになろうとも構いません。どうか命だけは助けてください。私は働きながら夫の看護をします。傍にいてくれるだけでいいのです。世間の父親のように、子どもたちと遊べなくてもいいのです。ベッドに伏したままでも、子どもたちの話し相手になったり、相談に乗ったりすることはできます。私たち家族にとってパパは、かけがえのない大切な人です」

家族控室にはベッドが一台と二段ベッドがあるので、三人泊まることができる。三階の男性控室には誰かいるようだが、女性控室は私一人のようだった。体は疲れていないので眠くない。洋服のままベッドに横たわっていたが、いつインターホンで呼ばれるか分からないので気が気でない。まさか泊まることになるとは予想していなかったので、何も用意していない。ヘアブラシと歯ブラシは売店で買えた。入院用にと夫の着替えがバッグに入っていたのを思い出し、夫のトレーナーとスウェットを着てみた。タオル一枚とサンダルも入っていた。かすかに夫の匂いがして、再び悲しくなった。化粧道具も持っていなかったので、化粧も落とさずそのまま横になった。夫の服を着ているので、夫が隣にいるような気がした。

ＩＣＵの夫は、口には酸素マスクをし、体のあちこちには点滴用の針が刺さっている。マスクが息苦しいのか外そうとしてしまうので、手足はベッドの柵に包帯で繋《つな》がれていた。

「包帯をほどいてくれ、一回だけでいいから」と頼む夫。看護師さんに十分だけねと許可をもらって外してあげる。手を握ってあげたけれど、とっても冷たい。血液が末端まで届かないのだろう。足も冷たく、パンパンに浮腫んでいる。尿の出が悪く、体中に水分が溜まっている状態なのだろう。そんな夫の様子を思い出しては、またおいおいと泣く。考えてはいけないと分かっていながら、最悪の状況ばかりが頭に浮かぶ。

「ご主人の荷物を取りに来てください」と言われて会社に行くのだろうか。教会の前夜式や葬式で、私はちゃんと挨拶できるんだろうか。車のことは夫に任せっきりだったけど、二台は必要ないから一台は手放して、家族皆で乗れる四輪駆動車を乗り続けるのかなあ。八畳の寝室は、私一人には広すぎるなあなど。自然と浮かんでくる最悪

のシナリオに、その都度「何考えてるの！　そんなことを考えて、どうしようってい
うの！」と自分で自分を叱りつけた。でも、どうしてもポジティブには考えられない
のだ。トイレに行く時、最初に夫が運ばれた二〇六号室の前を通った。すでに別の人
が入院していて驚いた。もし一般病棟に移ることができたら奇跡だと思った。私は控
室のベッドに戻って眠った。インターホンが鳴って、「すぐにＩＣＵに来てください」
と呼ばれないことを祈りつつ。

【八月二十九日　木曜日】

五時前に目が覚めてしまった。一晩インターホンの呼び出しがなかったことに感謝
した。夫はまだ生かされているのだ。看護師さんには、九時頃にＩＣＵに来ればいい
と言われたが、控室にいても落ち着かない。電話すると面会してもいいと言われたの
で、六時過ぎに病室へ行く。三重の扉を通り、夫の眠るベッドへ。顔を見るのが辛い、
意識がないかも知れないのだ。
幸いなことに、昨日より悪くなってはいなかった。私だと分かったようだが、手足

は相変わらず冷たかった。心拍数は一分間に130前後、血圧は70の50で、これらの数値が下がると危険だと主治医から言われていたので、度々モニター画面に目をやる。

売店が九時に開くので、一度ＩＣＵを出る。そう言えば昨日、夕方四時過ぎにわかめ蕎麦を食べて以来、烏龍茶《ウーロン》を飲んだだけだった。おにぎり一個と温かい烏龍茶を買って控室で食べた。転院して初めて、食べものの味を感じることができた。主治医からの話がある時にインターホンで呼ぶと言われたので、何もすることがないし気力もなかった。とりあえず子どもたちが心配なので自宅へ電話する。昨夜は一階のリビングに布団を敷いて、皆で眠ったそうだ。三男はお祖父《じい》ちゃんと風呂に入り、お祖父ちゃんに寝かしつけてもらったそうだ。小学校二年生の長男は、ことの異常さを感じつつも、行動には変化が見られなかったが、五歳の次男は、夕食中に「ママ」と泣き、お風呂の前にも、裸のままペタンと座り込んで「ママ」と泣き、夜も「寂しいよう」と泣いていたそうである。長男は黙ってはいたけれど、なかなか眠れなかったようで、最後まで起きていたらしい。両親には申し訳ないが、今は子どもたちのことを気遣っている余裕が、私にはない。

午後には、父が病院へ来てくれるという。教会からも「何か手伝えることはないですか」と電話があり、教会のミドリちゃん宅で今夜、長男と次男を預かってくれることになったそうだ。そこには、長男と同い年のお子さんもいるので、一緒に遊ぶこともできそうである。こうした具体的な支えと、教会の方々の祈りに感謝の気持ちでいっぱいである。今の私は、とにかく夫のことだけを考えていればいいのだと安心できる。職場に欠勤の連絡を入れる時、気を張っていたのだが、少し声を詰まらせてしまった。校長は「学校のことは心配しなくていい」と言ってくださった。看護休暇の話はしなかった。休暇が取れるとしたら、それは夫が一命をとりとめて、この先しばらく入院生活ができるということなのだ。しかし、その可能性は極めて少ないだろうと分かっていた。配偶者が亡くなった場合、何日休めるんだろうか、いろいろな手続きだけでも大きな労力が必要なのだろう、仕事に戻る気になれるんだろうか、そんなネガティブなことばかりで頭の中はいっぱいになってしまった。

夫の勤務先にも電話をした。以前から診断書を頼まれていたが、今はそんな状況ではないことを伝え、また声を詰まらせてしまった。いや、もっとしっかりしなくてはと自分を戒めた。思いつく友人たちに電話した。皆の声が聞きたかった。病院では誰も私の話し相手にはなってくれない。神さまは嘆きを聞いてくださっているだろうが返事はない。聞いてくださっているという確信はあるが、誰かの肉声が聞きたかった。友人たちの声を聞いた途端、涙が込み上げる。温かい励ましの言葉や、電話口で祈ってくれる声に癒された。すぐ傍にいてくれているようで本当に嬉しかった。

私は一人でも多くの人に祈ってほしくて、覚えている番号に電話してみた。近況報告を送っている友人の一人、飯田さんに電話すると、すでにご存じだった。長津田キリスト教会の連絡網が回り、教会の佐竹さんと同じ職場である飯田さんにも伝わったそうだ。佐竹さんは一年前に息子さんをガンで亡くされ、まだ深い傷を負っていらっしゃる中、飯田さんに知らせてくださったのだ。

飯田さんが、「うちの教会の人が言っていたわよ。医師が諦めてくださいと言ってからが、神さまの出番なんだって。お祈りしているからね。私の友だちにも話して、全国で祈ってもらっているからね。神さま信じて祈ろうね」と温かい言葉をくださった。

埼玉の植木さんにも連絡したかった。植木さんには、いつも励まされいろいろなことを教えられている。そして、旦那様には朝顔教会で夫がお世話になっていたのだ。しかし、住所録を持ってきていない私には電話番号が分からない。ダメ元で１０４に電話したところ、覚えていた町名とマンション名だけで、奇跡的に電話番号が分かった。植木さんの温かい声を聞いただけで、再び涙が流れてきた。

「大丈夫よ、洋子ちゃん。ご主人はまだまだ家族にとって必要な人、お子さんたちにとってなくてはならない存在だもの、絶対癒されるって。うちの教会の人のご主人が白血病と分かって、医師から覚悟してくださいと言われたの。でも奥さんはすべてを神さまに委ねて祈っていたら、不思議な平安が与えられて、これは癒されるって確信が湧いてきたんだって。そうしたら本当にご主人、元気になられてね。もう五年も生きておられるのよ。神さまが癒してくださるから大丈夫よ」

そして植木さんは電話口で祈ってくださった。私は、自分にも癒しの確信が与えられたら、どんなに嬉しいだろうかと心の中で思った。

控室に戻りボンヤリしていたが、聖書を読む気力はなかった。間もなくしてインターホンが鳴り、主治医から話があるとのこと。恐ろしい宣告があるのかも知れないと、ドキドキしながらICUへ向かった。入院した日にも話を聞いた面談室。夫の胸部レントゲン写真や血液検査のデータを見せながら、丁寧に説明してくださる。西山先生の話は分かりやすく、全面的に信頼できると思った。

心不全は最悪の状態で、いつ心臓が停止してもおかしくない。血小板が標準より少なくなっていて、血液が固まりにくくなっており、内臓のどこかで出血が起こったら生命危機に関わる状態。ビリルビンの値が非常に高く肝臓が大きなダメージを受けている現状。聞いてみたいけど、聞くのが怖い……でも思い切って聞いてみた。

「助かる可能性は、どのくらいですか？」

西山先生は、なかなか答えてくれない。言いづらいのだろう。ようやく出た答えは、

「五パーセント……いや、それも切ってしまうかも知れません」

数パーセントの命。やはり聞かない方が良かったと後悔し、また涙が溢れた。

夫のところへ行き、顔を見ると再び涙が止まらない。目はうつろで焦点が定まらない感じの夫。私の声かけにうなずいてはいるけれど、視線が合っていない感じがする。

こうして私が見ている目の前で突然、呼吸が止まって体が冷たくなったとしても、少しも不思議ではない状態なのだ。今日は義姉が病院に泊まってくれることになり、私は一度家へ帰る予定だ。できれば私の帰る前に、私が傍にいる時に、召されてほしいとさえ思ってしまった。

一時頃に父が来てくれた。あまりの状況の厳しさに、父もけわしい表情だ。私の涙腺は崩壊し、涙を止めることができず、瞼は腫れ上がっている。泣き過ぎて体の水分がなくなってしまうのではないかと思うほどだ。

面会時間になると、義姉、教会の牧師夫妻、教会の方が何人か来てくださった。主治医が処置をしている間、外で待つように言われたので、扉の外で今までの経過や今日の夫の容態について皆さんに説明する。ここ循環器呼吸器病センターは、県内トップレベルの病院で、スムーズに転院できたのは中山さんの紹介があったからこそなのだそうだ。しかし感謝の思いの一方で、神さまの最善の時だったのだろうか。もっと早く転院できていたら助かったのかも知れないという思いは捨てきれなかった。

牧師が、夫の枕元で聖書を読んでから祈ってくださった。牧師夫人も教会の方々も声をかけてくださった。「乙幡さんの愛唱歌は？」と聞かれて、「いつくしみ深き」と答える。一番の時には、涙で声にならなかった私だったが、三番になったら何とか歌える状態になった。そして驚いたことに、意識が朦朧《もうろう》としているはずの夫が、一緒に歌おうとしているのだ。うなるような、うめき声のようなものだったが、必死に歌っている。それを聞いて再び涙が止まらなくなってしまった。

牧師夫妻たちが帰られたあと、義姉に夫の付き添いを頼んで、父と一緒に昼食を食べに行く。もう三時過ぎになっていた。今日はラーメンを頼んだが、昨日のわかめ蕎麦同様、味もしなければ、喉もすんなり通らない。

病室へ戻り、明日は子どもたちを連れて朝早く来るからね、と夫に告げる。今夜は義姉に付き添いを頼み、私は父と一緒に自宅へ戻るのだ。できればこのまま病院に残りたいのだが、子どもたちのことが心配である。

家族控室のロッカーの前でしばし考えた。全部の荷物を持ち帰ろうか、それとも鍵がかかるのだから少し残していこうかと。夫のサンダルやTシャツは残していきたかった。ＩＣＵを無事に出て、一般病棟に移り、このサンダルを履いて、病院の廊下を歩く夫の姿を想像してみた。たとえ点滴をぶら下げていようとも、その足取りがゆっくりだろうと構わない。そんな日が来たら、夢のようだと思った。

父と二人、家路を急いだ。駅までの下り坂は楽だった。京浜急行、横浜線、バスとスムーズに乗り継ぐことができ、一時間あまりで二日ぶりの我が家に到着した。帰るなり、山積みの洗濯物を整理した。寝不足と疲労困憊の状態だが、何かしていないと落ち着かないのだ。母を車に乗せてスーパーへ。母が買い物をしている間に、ミドリちゃん宅にいる長男と次男を迎えに行く。二人は喧嘩もしたけれど、午後にはミドリちゃんの子どもたちと一緒に、まるで四人兄弟のように仲良く遊んでいたそうだ。二人一緒に風呂に入った時に長男が、「一緒に風呂に入るの、久しぶりだね」と次男に優しく話しかけていたそうで、それを聞いたミドリちゃんは、その優しさに涙が出てきたとあとで話してくれた。父親が大変な状況で、兄として弟を元気づけようとしたのだろう。また遊ばせてもらう約束をし、お礼を言って帰る。帰りがけに二人にジュースを買ってあげる。

二人の手を引いて、母の待つスーパーへ向かう。一昨日も長男を連れてきたばかり。

その時は、こんなことになるとは夢にも思っていなかったのに……。時間を戻せたらいいのにと思ってしまった。靴屋の前で長男が、新しい靴を買ってと言い出した。夫が、今度買ってくれると約束していたそうだ。

「明日病院に行って、代わりにママが買ってもいいとパパが言ってくれたら買おうね」

そう言いながら、そんな日が訪れるなら、どんなに幸せだろうかと思った。

帰宅すると、三男が父に寝かしつけてもらったところだった。普通なら一歳の子を置いて外泊するなど考えられないのだが、三男が父になついててよかったと、つくづく思った。

母が夕食の支度をしてくれている間、明日から数日泊まることになるであろう準備をした。音楽を聴かせてもいいと看護師さんから聞いたので、懐かしいエアサプライのテープをバッグに入れた。夫と知り合ったスキー場で流れていた「渚の誓い」は、ドライブの時に何度もかけた曲だ。子どもたちの写真も入れた。もし今夜、病院から悲しい知らせが届いたら、この準備も無駄になってしまうのだろうな。夫の書斎にあるパソコンは、子どもたちが使うようになるのかななどと、支度をしながら考えた。夫の洋服が入ったクローゼットを開けてみたが、見るだけで辛くなって、すぐに閉めた。

T病院に入院中の八月十三日、夫は外泊許可をもらって一時帰宅している。そして病院へ戻る十四日、夫は自力で階段を降りて玄関まで歩いていったのだ。その時、夫が二度とこの階段を降りることがないと、一体誰が予想しただろうか。

我が家で過ごした最後の晩、呼吸が苦しそうな夫の背中をさすってあげていると、夫がこんなことを言った。

「君と結婚してよかったと思うよ」

「ええ？　今頃？」

と答えると、

「今までも何度もそう思ったよ。だけど今は、本当に心からそう思うんだ」

あの言葉は、夫からの最後で最高の贈り物だ。

いろいろ考えると辛くなるので、考えるのをやめようと思うのだが、いつの間にか考えてしまっている。パパがいないと操作することの難しい機器が家中に溢れている。それらを処分するのも大変そうだ。夫が奇跡的に回復するというドラマを想像しようとしたが、どうしても考えられなかった。

同僚の杉山先生が電話をかけてきてくださった。つい数日前に怪我をされて、傷口も傷んでおられる状態なのに。隠すことができず、現状をお話ししながら泣いてしまう私に、先生は言葉を失っておられた。そして、「私はクリスチャンではないけれど、本当に神さまに祈るしかないわね」とおっしゃった。

母が夕食を準備してくれた。一階に降りて夕食をいただく。次男がママの膝に乗りたいと言うので抱っこしてあげると、それはずるいと長男が文句を言っていた。昼食が三時過ぎだったせいもあり食欲がなく、肉じゃがを一口ご馳走《ちそう》になっただけ。子どもたちが熱も出さずに元気であることに感謝した。

夕食の片付けも母に頼み、付き添い準備の続きをした。明日、子どもたちはパパに会うことができるのだろうか。もしも今夜召されてしまったらと、悪い状況ばかり考えてしまう。明日は朝食抜きで五時半に出発する予定なので、早めに風呂に入れて寝かしつけようと思っていたのに、結局九時近くになってしまった。三男は母が風呂に入れてくれたので、私は長男と次男と一緒に入浴した。つまらないことで兄弟喧嘩をする二人だが、今夜は叱る気にもなれない。入浴後に皆で二階へ上がり、すぐに就寝準備。私と三男の間に挟まって寝たいと言う次男、しかし長男もこれには納得がいかない。結局、長男・三男・私・次男の順でベッドで眠ることで丸くおさまった。三男が最後までもぞもぞしていたが、十時過ぎには三人とも静かな寝息をたて始めた。ふと、隣に夫がいたらと考えたら、また涙が溢れてきてしまった。眠る前に四人でお祈りをした。長男と次男が、

「パパが早く帰ってこられますように」

「パパの心臓が元気になりますように」

と祈ってくれた。子どもたちの祈りを聞くことで、私の心は安らいでいた。

子どもたちが眠ったあと、一人むくっと起き上がり、明日の準備を続けた。とにかく今夜、病院からの連絡がないことを祈るだけだ。十二時頃ベッドに戻ったが、全然眠気がやって来ない。結局ほとんど眠れぬまま朝を迎えた。

【八月三十日　金曜日】

四時半にベッドから起き上がる。子どもたちはぐっすり眠っている。身支度を整え、洗濯物を早々とベランダに干してしまう。雨が降って洗濯物が濡れてしまうのを心配するのが、実につまらないことだと今朝は思える。体重を計ったら、だいぶ痩せていた。「○○キロになったら、新しい洋服を買ってあげる」と、半分冗談で夫が約束してくれた体重を切っていたが、洋服なんて欲しくないと思った。

病院からの連絡が一晩なかったことに感謝。両親、子どもたちを車に乗せて出発する。

早朝の空気の中、朝食抜きで出かけるというと、皆でわいわい出かけた旅行やスキーのことを思い出してしまう。渋滞を避けて朝のうちに都内を通過し、目的地へ向かう途中のファミレスで朝食をとるというパターンが多かった。しかし今日の運転はパパではなく、私なのだ。カーナビのスイッチを入れて出発。道に迷うことなく順調に進み、横浜横須賀道路も渋滞せず、四十五分で到着した。駅前のファミレスで朝食を済ませてから面会する予定だったが、時間が早すぎて営業していないので、先に病院へ向かうことにした。時間外にもかかわらず、救急入口で守衛さんが快く通してくださった。六時半という非常識な時間だが、緊急であることを察してくださったようだ。

ＩＣＵでは使い捨てのキャップを被るのだが、長男と次男が被りたがらず、私が被せようとしても拒否する。そんなことをしているうちに、待ちくたびれた父が三男を抱っこし、母と一緒に中へ入っていった。夫が手を握ると三男が泣き出してしまったそうで、早々にその場を去って出てきた。一方、長男と次男の二人が、なかなか中に入ろうとしないので、「あなたたちは何のためにここへ来たの？」と少し強い口調で言った途端、またしても涙が溢れてしまった。そんな母親の普段とは違う様子に驚いたのだろう。二人は観念してキャップを被り、白衣を着てパパのところへ。それでもなかなか近くへ寄ろうとしないので、まずは次男を私が抱っこして会わせる。「名前は？」と夫が聞くので次男の名前を言うと、夫は深くうなずいた。息子の名前も思い出せなくなっていることがショックだった。長男は、部屋の隅っこで固まっている。「パパが顔を見たがっているよ」と言っても動こうとしないのだ。夫は徐々に記憶が戻ってきたらしく、「あとは長男がいるはずだ」と思ったのか、自力で起き上がろうとするので、それを制止して、半分強制的に長男を夫の枕元へ連れていった。長男は一番、パパの変化を受け止めているようだった。そして夫も、長男の前では必死に平静さを見せようとしているようだった。

以前夫が、こんなことを言っていた。

「長男の気持ちが手に取るように分かるんだ。俺によく似ているからね」

夫にとって、一番気にかけているのが長男だったのだろう。そして長男にとっても、パパは一番の理解者だったことだろう。

その時、夫が長男に何かを伝えようと必死に起き上がろうとしているのが見えた。そして長男も、そんなパパの姿をじっと見つめていた。それは今でも私の脳裏にしっかりと焼きついている光景である。

その後、両親と子どもたちはタクシーで家路についた。息子たちが乗り込んだのを私は見えなくなるまで見送った。帰りも一時間ほどで着き、近所のファミレスで朝食を食べたそうだ。

ＩＣＵへ戻ると大きな変化が起こっていた。夫の血圧が１００を超えていたのだ。子どもたちに会って興奮したらしい。そしてこれが後に良い結果を生み出すことになったのである。

七時半頃に、義姉が家族控室から戻ってきてくれた。眠そうな顔をしているのは、慣れない場所で眠ったからだろう。昨夜は小学生の男の子が同室だったそうである。昨日私が帰ったあとの夫の様子を聞かせてくれた。少し熱が出たそうで、体のあちこちが痛い、だるいと文句ばかり言っていたそうだ。「良くなってきたんじゃないの」とお姉さん。そう言われてみれば確かに、昨日より意識がしっかりしている気がする。足を触ってみたら、今までより柔らかくなっているようだ。少しは浮腫《むく》みが改善しているのかも知れない。かすかな光が差し込んできたような気がしてきた。

三十一歳の時の心筋梗塞の話は、夫自身からしか聞いたことがなかったのだが、初めて家族の立場からの話を義姉から聞くことができた。両親とともに主治医に呼ばれ、死も覚悟したほうがいいと言われたそうだ。それから十四年も生かされてきたのだから、今回もきっと良くなるんじゃないかと明るく考えられる義姉がとても頼もしく思えた。義姉自身も、第一子を出産した時は危険な状態になり、母体か胎児かどちらか一方しか助けられないかも知れないと医師から言われたことを話してくれた。結果どちらも助かるという幸運に恵まれたのだから隆も大丈夫よ、と。義姉が病院のロビーで会った人は、足が腐ってしまうという病気で助からないと言われた家族が、この病院へ運ばれたそうだが、今は回復しているらしい。そんな心強い話をたくさんしてくれた。

義姉の話を聞いているうちに、体の底から少しずつ力が湧いてくるような気がしてきた。それからというもの、病室の夫のところへ行っても、不思議と涙が出てこなくなった。夫のほうも顔色がずいぶん良くなっており、血圧も上昇してきて、95と65くらいになっている。これはもしかすると奇跡が起こったのかも知れない。明るく元気づけてくれた義姉に、心の中でお礼を言った。

朝九時を過ぎたので、一度病室を出て売店でおにぎりとパンを買った。おにぎりは朝食用で、パンは昼食用である。朝一番に売店に行かないと、すぐに売り切れてしまうからだ。今朝は少し気分がいいので、温かい緑茶を買い、ＩＣＵ隣の控室でちょっと遅い朝ご飯を食べる。昨夜食べた食事とは違って、ちゃんと味を感じられるようになっていた。心が元気になってきたからなのだろうか。植木さんが電話で話してくれたことを思い出した。知り合いの女性が夫のために祈っていたら、心に平安が与えられ、癒されると確信したという話だ。今、自分の心の中に広がっている感覚、これが確信なのかも知れないと。

ふと控室の本棚に目をやると、患者や家族用の本が並んでいるのが目に入った。夫が眠っている間に枕元で読むのに良さそうな本を探していると、大好きな「三浦綾子」の文字が目に留まった。題名は『帰りこぬ風』。確か、以前一度読んだことがあったはずなのだが、読み始めてみるとストーリーに全く記憶がなかった。

夫の病室に行くと、これから検査や処置があるというので、控室で待つことを看護師さんに伝えてＩＣＵを出て、控室で読書を始める。一時間以上待ったので、半分読み終えてしまった。今までは夫のことばかり、しかも悪い状況ばかり考えていた私の心の中に、小説『帰りこぬ風』の世界が広がる余裕が出てきたようだ。

病室へ戻ると、夫は少し疲れた様子だった。肩の血管に管を入れるのを、麻酔科の医師と主治医がトライしたのだが、血管が細くてダメだったという。しかしながら私は、今までとは違って夫の顔を涙なしで見られるようになっているのだ。今朝までの自分が嘘のように心が平安なのだ。そして主治医から夫の病状を聞けるのがいつなのか、とても楽しみになっていた。

ついに主治医の話を聞ける時が来た。まるで合格発表やコンクールの成績発表を聞く時のように、心がワクワクして胸が高鳴った。思っていたとおり、心不全の症状悪化が治まり、上向きではないが平衡状態になったそうだ。尿の出も良くなり、それに伴って手足の浮腫みも少しずつ取れている。ただ、肝機能は相変わらず悪く、そのせいで内臓に水が溜まってしまっている。

話を聞き終えた私は、(それでもいいじゃん。一番の心配だった心臓が、少しずつ元気を取り戻しているのだから)と思った。今週もち堪えられるかどうか、という死の宣告からは解放されたように思えたのである。

今朝からすれば、天と地の差だ。本当に奇跡が起こったのだ。ＩＣＵを出て、すぐ家に電話をする。両親はとても喜んでくれ、電話口の向こうからは、自由にファミコンをさせてもらっているような、長男と次男の歓声が聞こえてきた。ひょっとしたら夫は、いつかこの電話口の向こうの世界に戻って、ファミコンをする息子たちを笑顔で見守っているかも知れない。絶望の中に、かすかな光が差し込んできた。教会へ連絡すると、水曜夜の祈禱《きとう》会には十人もの方々が集まって夫のために祈り、翌日の祈禱会には二十人近い方々が祈ってくださったという。「さっそく教会の連絡網で、症状が良くなったことを皆さんに伝えます」と牧師。これからお見舞いに行こうと思っていたという牧師に、今日は朝早くから子どもたちに会って興奮しているかも知れないし、連日で先生も大変ですからと、丁重にお断りした。義姉にも電話で報告するが、私はもう話しながら涙ぐむことはなくなっていた。

そして、こんなことを思いついた。今までの出来事や私の思ったことを記録しておくというアイデアである。これは今日読んだ、『帰りこぬ風』からヒントを得たのだった。さっそくロビーのソファに座って、売店で買った大学ノートの一ページ目に、「パパへ」という題で、夫への思いを書き綴《つづ》ってみた。自分の気持ちや出来事を、忘れないうちに書き留めておこうと思うと、すらすらペンが進んだし、何だかワクワク感も湧いてきた。

♥パパへ♥

昨日までの私は、何をする気も起こりませんでした。食事が喉を通らないとは、こういうことを言うんだと初めて分かりました。本を読む気もしないし、勿論何かを書く気にもならない。ただただ神さまに「どうしてなんですか！」と叫びたい気持ちでした。でも唯一、祈ることができたのは感謝です。祈ることもできなかったら、立っていられなかったかも知れません。これが奇跡というものなのでしょうか。自分が体験してみて、鳥肌が立ちそうです。本当に素晴らしい！

「パパの闘病記」を書こうと思ったこと、グッドアイデアでしょう？　パパが元気になってこれを読めるようになった時、家族を始め、周囲の人たちが、どれほどまでにパパのために祈っていたか、支えてくれたかを知って、忘れないでいてほしいのです。

この闘病記を読んで、一緒に笑ったり驚いたりすることのできる日が来るのを心から願いつつ……天国で会った時に報告するのは嫌だな。

県立循環器呼吸器病センターのロビーにて

一九九六年八月三十日　午後五時十五分

夜の面会に、教会の光谷さんが来てくださった。会社を早退して駆け付けてくださったそうである。夫の顔を見た途端涙ぐんで、夫の手を取って祈ってくださった。今までの経過や、今日の回復の様子をお話しすると、「イエス様は素晴らしいですね」と話され、とても感激されていた。夫の足に触り、柔らかくなってきたことを共に喜んでくださった。

光谷さんが後に、教会報に投稿された文章

【乙幡さんの思い出】

昨年の八月に重体に陥っておられた時、どうしても会いたい思いに駆られ病院へ急いだ。思えば乙幡さんは、ご自分の内面を語ることの少ない方であった。若い時の重い心臓病がもとで、無理の利かない身体になりつつあること、そしてご家庭での三人のお子さんの父

親としての大切な役割があることなど、自分のことしか見えないこの私は感知しなかったのである。（中略）高台に建つ清潔で美しい病院に到着したのは、夜七時を回っていた。面会時間は過ぎてしまっていたので失礼な気がして、一度は玄関に戻ってきた。しかしご家族にだけでも会えればと思い直し、三階の集中治療室へ行き、恐る恐る看護師さんに面会をお願いしてみた。名前を名乗ったところ、しばらくして奥様が出てきてくださった。看病のお疲れにもかかわらず、にこやかな表情で出迎え、案内してくださった。自分のことしか見えていなかった自分を心の中で責めていた私は、ご夫妻の温かい大きな愛を感じ、感謝して病室に入らせていただいた。中に入ると、乙幡さんは不自由な状態で起きようとして迎えてくださった。私は、久しぶりにお会いできた喜びで嬉しさが込み上げてきたが、昨夜は危篤状態だったそうである。そして奥様によれば、すでに手遅れの状態なのだそうだ。その時はきっと、神さまがお二人に用意された、最後の崇高な時間であったに違いない。そんな場に遭遇した小さな私は、重体で言葉がしゃべれない乙幡さんと奥様の平安な姿に圧倒され、お二人に確かな信仰と希望と愛を感じていた。そして奥様がにこやかにご主人を見つめられ、それに応えられる夫婦の、清らかな愛の光景に病室がいつの間にか聖霊に満ち溢れているのを知った。二十分は経過したと思う。帰りがけに乙幡さんの温かい手を握って、お二人の愛に感謝して病室をあとにした。（一九九七年三十六日発行）

（この時のことを、私は今もはっきり覚えている。病室の空気がそれまでとは全く違い、まるでキラキラと輝く宝石のようなものの中に、自分も夫もいるようだった。そして、何かの力によって自分の言動が導かれていて、光谷さんに語る言葉が自分の考えではなく、自然に湧いてくるような不思議な感覚だったことが思い出される。終始、とても安らかな気持ちで満たされているという感じだった）

明日は教会で「音楽の夕べ」があるのだが、その前に予定されていたバーベキューは中止となり、その代わりに夫のための祈り会となったと聞いて感謝でいっぱいになった。教会の皆さんの温かさがしみじみと伝わってくる。光谷さんが帰られて間もなく、私も「おやすみ」を告げて家族控室へ。早く書きたくてうずうずしていたせいか、一気に七ページも書いてしまった。夕食をとる時間がもったいなくて、ヤクルト二本とカロリーメイト二本というメニュー。でも私の健康がこうして支えられているのも、皆さんの祈りによるのだという確信をもった。中には私たち夫婦に会ったことのない人たちまでが夫のため、そして私たち家族のために祈ってくださっているのだ。本当に素晴らしいと思った。夜十時近くなって、義姉の言っていた、小学生の男の子がお母さんと一緒に控室へやって来た。お母さんは病室で仮眠するそうで、小学六年生だという男の子だけが残った。とても礼儀正しく素直な子で、控室にまで神さまの心遣いを感じた。安心したせいか、ノートを七ページも書いて疲れたのか、ベッドに横になった途端眠ってしまった。昨日とは大きな違いだ。人間の心は、こんなにも変わりやすいものなのだ。

昨日は夫の会社の課長と副支店長がＩＣＵ入口まで来てくださったのに、すっかり取り乱してしまった私だった。申し訳なさそうに帰っていかれたお二人。月曜日には夫の会社にも私の学校にも、容態が安定したことを伝えようと思う。

今日は私の人生の中で、最も変化の著しい、そして素晴らしい体験をさせていただけた一日だったのかも知れない。

「主は与え、主は取られる。主の御名は褒むべきかな。アーメン」

【八月三十一日　土曜日】

今週乗り越えられれば何とか、と言われた土曜日がやって来た。私の心には、今日も平安が与えられている。四時過ぎから目が覚めてしまい、布団の中でいろいろと考えたり、うとうとしたりしていた。同室の男の子は、可愛い寝顔でぐっすり眠っている。息子たちも小学六年生になったら、この子のように初対面の人ともちゃんと会話できるようになるのだろうか。

男の子を起こさないようにと気を配りながら顔を洗ったり身支度を整えたりした。一階で牛乳を買い、ＩＣＵ隣の控室で飲んだ。夫に会いたい気もしたけれど、まだ六時だったので七時になったら行こうと決め、控室で昨日の続きをノートに綴った。ずっとペンを握っているので、右手の人差し指が少し痛むけれど、自分の気持ちや出来事を忘れないうちに、しっかりと書き留めておきたかった。

七時になったのでＩＣＵのインターホンで名前を言い、夫のところへ行く。看護師さんが、「お待ちかねでしたよ」と優しく言った。四時半頃までは眠っており、その後は私が額に入れてもってきた、子どもたちの写真をずっと抱きしめていたそうだ。昨日よりさらに顔色が良くなって、意識もしっかりしている。看護師さんに歯を磨いてもらったり、顔を拭いてもらったりしている夫は、とても気持ちよさそうだ。髭《ひげ》を剃《そ》ってあげようかと聞くと、今日はいいと断った夫。自分の意思表示もできるようになっているのが嬉しい。今日はＩＣＵにもノートをもち込み、夫がうとうとしている時などに書き続けて十六ページほど進んだ。

水遊びする息子たち（1996年８月某日）
病室でずっとパパが抱きしめていた写真。

　だるそうな手足を時々マッサージしてあげたり、三十分に一個ずつ氷を口に入れてあげたりと、大したことはしていない私である。でも、意識の戻った夫の近くにいられるのが、この上ない幸せである。

ドライブの時によく二人で聴いた「エアサプライ」のテープを一曲目からかけてみた。中でも「渚の誓い」は、夫と出会った越後湯沢のスキー場で何度も流れていた曲だ。もしかしたら一生、夫はスポーツとは無縁の生活になるかも知れない。

それでも生きていてくれさえすれば、そんなの構わないと思った。

家に電話をすると、朝から息子たちの元気な声が電話口から聞こえてきた。今朝のパパは昨日より、さらに具合がいいと母に伝える。今日も長男と次男は、ミドリちゃんの家で預かってくれるそうだ。あとで父が病院に来てくれるというので、一緒にお昼を食べる約束をして電話を切る。両親には感謝の思いしかない。

病院の公衆電話からは国際電話がかけられないことが分かり、アメリカのエリちゃんに伝えてもらうように、ご実家に電話してみた。クリスチャンであるお母さんは、夫の回復を我がことのように喜んでくださると共に、神さまのなさった奇蹟に感激されていた。「エリに伝えておきますよ、続けて祈っていますよ」という言葉が温かかった。

十二時近くに父が来てくれ、一緒に昼食を食べることにした。父と二人だけで食事をするのは、本当に久しぶりだ。父は自分が二度の手術をしたことを思い出しているようだった。あの時も神さまは父の命を救ってくださったのだ。

父は八歳の時、火傷《やけど》を負ったことを話してくれた。父の左耳が少し変形していることや頭皮にケロイド跡が残っていることを、私は幼い頃から不思議とも思わずに見てきた。しかしどうして火傷を負ったのかは聞いたことがなかったのである。父は十二歳まで樺太に住んでいたのだが、幼い時に母親を病気で亡くし、四人いた兄弟も次々に亡くし、父親と二人で暮らしていた。父が八歳の冬のある日、貧しいひとり親家庭であることをネタに級友からいじめられ、石を投げられたそうだ。それが頭に当たり、ようやく帰宅した父は、脳障害を起こしたらしく、ガタガタと震えてきたので、寒いのだと思って石炭ストーブを自分でつけて暖まっていたそうだ。そのうち気を失ってしまい、意識のなくなった父は、自分の頭がストーブに触れていることに気づかず、父親が帰宅した時には頭皮が焼けて、脳が見えそうになっていたのだという。父がこんな話を私にしてくれたのは初めてだった。

父は、とても苦労した人だ。病気がちな父親に代わって、零下何十度という極寒の樺太で、毎朝納豆売りをして生計をたてていたそうだ。本土に引き揚げて来る時には父親も病気で亡くし、孤児になっていた。そして大家さん一家と一緒に本土に引き揚げてきて、大家さんの子どもの一人として育てられたのだが、養父母にはすでに子どもが七人いたので、父はそこでもいじめられたそうだ。しかも父の乗った船は、樺太からの最後の引き揚げ船だったらしく、もしその船に乗れていなかったら、ロシアの捕虜収容所に連れていかれていたかも知れないのだ。ドラマみたいだが……。

こうして父が、様々な困難や死から守られたからこそ、母と出会って家庭を築き、私という人間が生まれたのである。父が火傷で命を失っていたら、引き揚げ船に乗り遅れていたら、今の私は存在しなかったのだ。そう考えると、神さまのご計画の深さを思った。

病院へ戻ると、牧師が来てくださっていた。今の夫の容態や、私の心に起こった癒しの確信についてお話しする。光谷さんが昨夜のうちに牧師に電話してすでに報告してくださっていた。毎日のように連絡網で夫の容態を伝え、皆さんが祈ってくださっているそうだ。

牧師は、温かくなった夫の手足を触って喜んでくださった。T病院に入院している時も何度か足を運んでくださったが、その頃は手足が冷たく、体や額に冷や汗をかいていたものだった。「久しぶりの温かい手足ですね。神さまは素晴らしいです」と、さらに手足を擦りながら感激して言われた。

牧師が帰られてから、主治医から聞いた話を父に報告した。心不全の状態は今日、上向き傾向にあるという。確かに手足の温かさは血のめぐりが良くなった証拠だろう。心拍数が130前後だった一昨日に比べて、今は100を切っている。減り過ぎるのも良くないと言われたが、血圧が安定しているので心臓の状態が良いことを示しているのだそうだ。ただし今日は、何度か不整脈が出ているのが気になるということだった。不整脈には生命に危険なものと、そうでないものがあるのだそうだが、夜中に一、二度危険な不整脈が出ていたので、注意が必要だという。問題なのは、肝機能が悪化しつつあること。ビリルビンの異常な値は、肝硬変を起こしているぐらいの大きな数値なのだそうだ。肝機能が低下しているために、体内の水分が内臓のあちこちに溜まってしまっている。肺に溜まっている水分は昨日より増えているそうだ。あまり多くなると呼吸困難に陥る危険もある。ただ肝機能を改善させる薬も、危険な心不全を予防する薬も、心臓のポンプの働きを悪くしてしまうので、乱用はできないという。素人の私にも理解しやすい話だった。

「ミラクリット」「ミリスロール」「プレドパ」など、少しは薬の名前も覚えてきた。点滴が終われば電子音が知らせてくれるし、お医者さんや看護師さんの人柄も信頼できる。県がレベルアップに力を入れている病院らしいと思った。

駅で父と別れて、駅前のスーパーマーケットに入る。今日の午後から月曜の朝まで病院の売店がお休みなので、一日分の食糧を買う。駅前をこんなふうにのんびりと歩くことができるなんて夢のようである。しばらくは退院後も、この病院へ通院したほうがいいだろう。夫が元気になるためなら、毎週でも夫の専属運転手になって、ここへ連れてきてあげたいと思った。病院までの上り坂も、全然きつく感じることなく、秋の訪れを思わせるような爽やかな風が実に心地よかった。

ずいぶんのんびりと時間を過ごしてしまった。一時間以上、病室を留守にしてしまっていた。「ただいま。美味しいものを食べて来たよ」と言うと、「良かったね」と言うかのように、夫は大きくうなずいた。会話のほとんどが理解できているようで、どんどん意識がはっきりしてきたのが分かる。看護師さんが貸してくださったラジカセで讃美歌のテープをかけて静かな午後を夫とともに過ごす。讃美歌を聴いているうちに、夫は気持ちよさそうに眠っていた。

目を覚ました夫が、やっと聞きとれるような声で「学校は？」と尋ねた。私の仕事が教師だということを思い出し心配してくれたのだろう。「今は夏休みだよ」と言うと、深くうなずいた。

夫と過ごした八月最後の日、柔らかな日差しの中で私はノートに病院での出来事を綴ったり、夫の様子を見たりして、静かに平安に過ごしたのだった。時間がこんなに緩やかに流れたのは久しぶりだった。

3　パパ、偉かったねって褒めてね　～夫の召天から日常へ～

【九月一日　日曜日】

家族控室からICUへ向かったのは、いつもどおり早朝だった。「前日の容態が安定していたので、今日あたり帰宅してみてはどうでしょうか。お子さんたちを始め、家のことが心配でしょう」と主治医から言われて、それもそうだと思いながら、昨日まで大学ノートに書き留めたところを夫の枕元で読み返していた時、心電図の異常を知らせる警報が鳴った。主治医を始めとして、数人のお医者さんや看護師さんが夫を囲んだため、ただならぬ空気を察した私は廊下へ出た。医師たちの動きを遠くから見ながら、

「一九九六年は何も起こらないはず。だって大きな出来事は二年ごとにしか起きないんだから」

と何度も心の中で、私は繰り返していた。

九時五分に主治医が「残念です」とおっしゃった時、テレビドラマのように泣き崩れる妻ではなく、なぜか立派に「ありがとうございました」とお礼を言っていた私だった。悲しいのか寂しいのか分からない。現実なのか夢なのかも判断できない、そんな状態だった。

♥天国のパパへ♥

パパが天国へ召されてから、ちょうど一週間がたちました。大学ノートに病院での出来事を書き、少し読み返していたところで、心電図の異常を知らせる電子音と、少し驚いたような主治医の声で、私は何か重大なことが起こったと悟りました。それが九月一日、午前八時二十分頃。心臓マッサージ、電気ショックなどの蘇生術《そせい》が為されたのですが、午前九時五分に死が確定したのです。でも私は、八時二十分の時点で、パパはイエス様のところへ行ったのだと信じています。今後は苦しむことなく、永遠に痛みから解放されると……。この一か月半、パパは本当によく頑張ったよね。苦しくてつらくて大変だったと思います。煙草を止める決心をしたぐらいだものね。だから一足先に楽になるのを許してあげます。子どもたちは私たちの子どもだから、きっと大丈夫。でも、パパの声が聞きたくて、寂しくてどうしようもない時は思いっきり泣くからね。イエス様と相談して何とかしてね。

九月八日

夫が天に召されて一週間は、例の大学ノートは空白のままである。それだけ忙しかったし、そんなことを書いている時間も気力もなかったのだと思う。

ＩＣＵから霊安室へ運ばれた夫の体は、まだ温かかった。ずっと一緒に付き添っていた私は、時々夫の手足に触れてみた。徐々に死後硬直が進んではいくものの、背中に手を当てたりすると、まだ柔らかくて温かくもあった。目は閉じているが、もしかしたら突然、「生き返ったよ」と目を開けるのではないかと思うほど、眠っているように安らかな表情だった。教会の方や兄夫婦も訪ねて来てくれたが、両親には家で待っていてもらい、とにかく子どもたちのことをお願いしますと伝えた。この病院への転院に力を貸してくださった中山さんご夫妻が「何か手伝うことがあれば」と両親を訪ねてくださり、話を聞いたり、皿洗いをしたりしてくださったそうだ。そして子どもたちは、ミドリちゃんが預かってくれたと聞いて安心した。

夫が召されたことを牧師に連絡すると、さっそく葬儀の段取りをしてくださった。間もなく葬儀社の車が夫の亡骸を引き取りに来た。何か手伝えることはないかと聞かれたので、私の車を病院から自宅まで運転してくださる方がいると助かると伝えると、教会の石田さんが駆け付けてくださった。この状況では、運転して帰れる自信が私にはなかったからである。

牧師と私は、石田さんの安全運転のお陰で、安心して家路に就くことができた。帰宅すると、すでに夫の亡骸は和室に横たわっていた。その横で、遺影はどれにするか、参列者の方々への心付けはどうするか、挨拶状の文章は等、たくさんの打ち合わせ事項に追われ、悲しむ暇もなかったのは幸いだったかも知れない。

前夜式は月曜日、告別式は火曜日に決まった。次々に親戚や近所の方々がお悔やみに訪れてくださった。今考えても、自分の力ではなく、何かに支えてもらっていると言うしかないくらい、気丈に振る舞っていたと思う。

キリスト教式の葬儀を専門とする葬儀社との打ち合わせはすべて私が行った。食べるものも喉を通らない状況で、よくも倒れずに頑張れたと、今でも思っている。葬儀の流れ、参列者への記念品、礼状の文章、そして遺影の写真選び、すべてを決めなくてはならない。ちなみに遺影はまだ三十代の若々しい結婚式の写真に決まった。

前夜式（一般にいう、通夜）には、前代未聞の数百人の方々が来てくださったそうだ。そうだ……というのは、私には人数を数えている余裕も、実感もなかったからである。親戚、夫の会社関係者、私の同僚、友人や知人、近所の方々、息子たちの学校の教職員や、長年お世話になっている保育園の職員の方々……とにかく牧師が驚くほどの人数だったそうだ。

喪主挨拶～１歳の三男を抱っこして～

讃美歌を歌ったり、牧師のメッセージや夫の思い出が語られた。夫に会ったことのなかった方々もいらっしゃったと思うが、夫の人となりがよく分かるお話だった。

最後に私が喪主としての挨拶をした。原稿は用意しなかったが、ことばが次々わき上がってくる感じで、戸惑うことなく話すことができた。自分でも（私って、こんなに強かったんだ）と感心するくらい、しっかりと喪主の務めを果たすことができたと思っている。

兄が後日、こんなことを言っていた。

「自分の妹とは思えないほど、しっかりとしていて、すごい奴だと思った」

と。引っ込み思案で、挨拶もろくにできなかった私の小さい頃を知っている叔父や叔母も、

「喪主としての凛《りん》とした姿に圧倒された」

と言ってくれたが……自分の力ではなく、まさに神さまが力づけてくださったのだと思っている。同僚の杉山先生は帰宅して、

「今日の前夜式に参列して、キリスト教式の葬式って、すごく素敵だって思ったわ」

とご主人に話されたそうである。そうしたら、

「クリスチャンでもないのに」

と笑われたと後日、話してくださった。

喪主の挨拶が終わった頃には、疲れ果てた三男は父に抱っこされて眠ってしまったし、次男も義兄に抱っこされてぐっすりだった。しかし小学校二年生の長男だけは、しっかりと最後まで、泣くことも我慢して私の隣でじっと立っていたのが忘れられない。

最後に献花の時があった。参列してくださった一人ひとりに感謝の挨拶ができる時である。この時も、自分でも信じられないのであるが、泣くこともなく参列者の顔を見てしっかりと挨拶ができたのだが……教師の先輩でもある飯田さんが、涙でくしゃくしゃになった顔で泣きながら私に抱き付いてきた時に、私の涙腺の防波堤が崩れてしまい、そこからは涙が止まらなくなってしまった。

その晩は、夫の亡骸の見守りは牧師夫妻に任せて、私たちは帰宅した。いつかきっとパパは帰ってくると思っていた家。ベッドを二台並べて置いてある寝室には、いつ

も家族五人で「州」の字のように並んで寝ていた。夫が真ん中で両手に長男と次男、そして三男と私が端っこに寝るというふうに。でも夫が入院してからは、私がベッドの真ん中となった。

翌日も、朝からさまざまな打ち合わせで忙しく、告別式の準備のために教会へ向かった。平日の昼間ということもあって、前夜式に比べると少ない参列者ではあったが、遠方から来てくださった方々もいた。

告別式が終わって、金沢区にある火葬場まで行く車の中で見た景色を、今でも覚えている。偶然にも、夫が五日間入院した循環器呼吸器病センターと目と鼻の先だったからである。横浜横須賀道路は、三浦半島や葉山へドライブに行く時には、夫の運転で何度も通っているので、その時の楽しかった光景も思い出された。でも今は、夫の亡骸と共に車に乗り、私の膝の上には夫の遺影が乗せられているのだ。運転手さんも、私のような若い喪主に気を遣われているのだろう、会話はほとんどなかったと記憶している。

火葬が済んで遺骨を集める時、私は非常に不思議な感覚に包まれていた。五年前の九月に義父が亡くなった時は、涙が止まらない状態で遺骨を骨壺に入れたことを記憶している。しかし、目の前にあるのは夫の遺骨なのに全く涙が出ないのだ。

「これは、夫の体だった肉体から残ったただの骨にすぎない」

夫がそこにいるとも思わなかったし、魚を食べたあとに残る骨と同じような、単なる骨……そんな不思議な感覚が自分の中に広がったのである。

別の言い方をすれば、夫の魂はそこにはなく、ちゃんと生きて存在しており、今も私を見守ってくれているという確信に近い思いが心の中に広がったのだった。

火葬場から自宅へ戻り、三日間お世話になった葬儀社の方々ともお別れして、ようやく落ち着いた時には夜になっていた。

牧師から後で聞いたのだが、キリスト教式の葬儀を数多く手がけられてきた葬儀社の方が、「こんな葬儀は今まで経験したことがない」と言われて、特に喪主としての私の挨拶や態度に、とても感動されていたということである。深い悲しみの中にあっても嬉しいコメントだった。

それから私は、配偶者の死去による忌引きと有休を使って、九月後半まで仕事を休ませてもらった。この時の私は、三男の育児休暇明けで四月から職場復帰していたものの、担任をもたない音楽専科だった。クラス担任だとしたら、長時間休むのはなかなか難しかっただろう。

翌日からの私は、仕事は休みでも体は休みなく動かざるを得なかった。世帯主が亡くなるというのは実に大きなことで、数えられないくらいの事務手続きが待っているものなのだ。当時私が使っていた手帳には、何十という「やることリスト」が書いてあり、その一つ一つに、「終了」を表すチェックがされている。

まずは都内にある夫の職場の本社に出向き、遺族年金受給の手続きをした。総務課の担当者は、とても丁寧に申請書の書き方を説明され、年金事務所にも同行してくださった。

二日間ですべての手続きが終了した。一番辛かったのが、夫が七月まで使っていたデスクの荷物を引き取りに夫の職場へ出向いた時だった。使っていた机には花が飾られており、引き出しの中の荷物はすでに段ボール箱数個に入れられていた。それを同僚の方々が車へ運んでくださり、私は職場をあとにした。帰りの車の中では、運転中ずっと涙が止まらなかったし、受け取った段ボール箱は、数日たっても開けることができなかった。

その他に、あらゆるものの名義変更手続きが私を待っていた。電気、水道、電話、ガス、クレジットカード、銀行、保険、自動車、そして家。手続きは本当に大変だったが、ありがたかったのが団体生命保険だった。若くして心筋梗塞という大病を患ってしまった夫は、一切の生命保険に加入できていなかった。しかし家のローンに関しては、団体生命保険というものに加入することができていたのである。家や車のことは夫に任せきりだったので、家のローンはすべて私が背負っていくのだろうと覚悟していたが、その保険のお陰で救われたのである。当時の手帳には、「金銭消費貸借抵当権設定契約証書、抵当権解除証書、保証委託契約証書、住宅金融公庫融資繰上返済明細書」等、解読不可能な単語が並んでいる。

区役所には何度も足を運んだし、ありとあらゆる機関へ電話もした。仕事を休ませてもらえなかったら、手続きは一か月では終わらなかったかも知れない。

それでも職場復帰後も事後処理は続いた。毎晩、子どもたちが寝しずまってから、あるいは早朝三時、四時に起きて、夫の会社の方々への礼状の宛名書きや、提出書類の作成をした。

その作業がようやく落ち着いた十月二十一日、八王子市にある上川霊園の教会墓地に納骨が済み、その数日後に私は高熱を出してしまった。

私の近況報告を読んだ木田さんの感想より

一九八六年九月二日、二学期最初の日。乙幡さんの写真の前で、洋子さん一家に久しぶりにお会いしました。私は隆さんにはお目にかかったことがありませんでした。でも洋子さんから送られる近況報告の文面から、夫の健康を絶えず気遣い、ご主人もまた洋子さんをサポートしているお姿を垣間見て、「ああ、こんな方だったんだ」と昔からのお知り合いのように親しく感じていました。前夜式で、きちんと座って牧師の話を聞いている三兄弟を見て「いつも洋子さんから聞いて知っているよ」と声をかけたいくらいでした。

洋子さんは、夫婦にしか分からない、ご主人とのお別れの時のことを話してくれました。苦しそうにしている時、背中をさすってあげると幾分楽そうで、「ごめんね。子どもが四人になっちゃったみたいだね」と言った彼に、「夫婦なんだから、ゴメンネじゃなくて、ありがとうにしてね」と語ったことや、病状が急変してからも讃美歌のテープを聴きながら安らかなひとときがあり、「学校に行かなくていいの?」と洋子さんを心配したご主人のこと。隆さんはいつも「先に召されるのは僕だから、しっかり仕事は続けたほうがいい」と洋子さんに話していたそうですが、重い病を背負っていることは周囲の方々も知らされていなかっただけに、こんなに早く召されてしまわれたことに、我が耳を疑う者がどんなに多かったでしょうか。

4　大黒柱となって　～父親と母親、一人二役の限界～

友人たちへの近況報告（一九九七年一月九日）

「神さま、パパが天国へ行けたことを感謝します。お祖父《じい》ちゃんとお祖母《ばあ》ちゃんが教会に行って神さまを信じて、天国へ行かれるようにしてください」

毎晩、長男と次男がこう祈ってくれます。一日の疲れが飛んでいくひとときです。

早いもので、夫が天に召されて四か月がたちました。毎朝四時半に起きて、洗濯・朝食作り・保育園の支度などを済ませて七時半には家を出るという生活が始まり、無我夢中で過ごしてきました。夫の会社の諸手続きや諸々の名義変更手続きも、やっと終わりそうです。仕事から帰ってくると、もうくたくたで何もする気力のない日もありました。夫の会社から引き上げてきた荷物は、五つの段ボールに入ったままです。入院時のバッグも、時のたつのを忘れたように置いたままです。

寂しくないと言ったら嘘になります。一日の仕事を終えて子どもたちを保育園へ迎えに行く時、寂しくて涙をぽろぽろ流しながら車の運転をする日々が続きました。子どもたちを寝かしつけながら、声は明るく元気を装っていても、実は目から涙を流しながらということが毎晩でした。スーパーの買い物袋を三つぐらい軽々ともって、「ただいま」と言いながら階段を上がってくる夫の姿を想像しては、また涙が込み上げてきてしまいます。

夫の書斎にかかったパパの遺影をじっと見つめたあと、黙って抱き付いてきた長男。「パパがいないと寂しくて眠れないよ」と涙を流す次男。夫の存在の大きさをひしひしと感じます。唯一、三男は父親の記憶がほとんどないので、常に笑顔を振りまいて私たちを慰めてくれます。

でも、そんな暗い時ばかりではありません。食事時はとても賑やかで、パパの話をして皆で笑うこともよくあります。パパには電話も通じないし、手紙を書いても返事はもらえない。「天国に単身赴任しているんだ」、そんな感覚です。パパの声は聞こえないけど、いつでもどこでも神さまと一緒に私たちのことを見守ってくれていると、私も子どもたちも確信しています。必ず天国で再会できると信じているから絶望はしません。このような平安が与えられているのは、本当に不思議なことです。

私の経験したことは、世間一般の人から見れば大変な不幸です。でも私は不幸だとは思っていません。誰もが夫の死を早過ぎたと言いますが、三十一歳の時点で一度、死を宣告された人がのちにクリスチャンとなり、結婚して三人の息子の父親となったのです。夫の地上での使命はこれだったのかも知れないと、最近は考えられるようになりました。

「悲しむ者は幸いです。その人は慰められるからです」という聖書の言葉のとおり、私たち家族はたくさんの慰めをいただきました。神さまは最善を為されるのです。人間の目から見れば最悪でも、神さまにとってはベストなのです。愛する家族を失ったのはなぜか、理由を知りたいという人もいるかも知れませんが、それは人間が知るべきことではないし、理解できるわけがないと思うのです。夫を私たち家族から取り去られた方が、私たちに良くしてくださらないわけがない、神さまが責任をとってくださるはずだ、私一人でも三人の息子を育てていけるはずだという確信が与えられ、とても楽になりました。とはいえ、現実に押し潰されそうになってしまうことが何と多いことか……。

今、夫の闘病生活から召天まで、そしてその後のことなどを、忘れないうちに文章に残したいという思いが強くあります。完成まで時間はかかると思いますが、いつか息子たちにも読んでもらえたらと願っています。

長津田キリスト教会　一九九七年の教会報への投稿より

早いもので、夫が天に召されて八か月がたちました。私の一日は午前四時に始まります。「こんなに協力的な旦那は、なかなかいないよ」と自分のことを話していた夫。保育園の送迎や買い物、夕食の後片付け（時には夕食作りも。日曜日はパパの手作りカレーの日でした）や、子どもたちとの入浴と、パパは大活躍でした。それらすべてが私一人に任されたのですから、どう頑張っても無理です。何でも一人でやろうとする今までの私でしたが、すべて自分一人でできたかのように錯覚してしまうことも、実は多かったのです。それが今では、周囲の方々に助けられ、支えられていることを実感することができます。

とは言っても、日に一度は夫のことを思って涙してしまいます。それは本当に突然やって来る、大きな波のようなもので、悲しみが私の心を覆い尽くすのです。そんな時は我慢せずに思い切り泣くことにしています。私たち家族は、パパは天国に単身赴任しているのだという思いで日々を送っています。ですから日常会話には自然に夫のことが出てきますし、私は意識的に話題に出すようにしています。「パパなら、こう言うよね」「パパは、こうだったね」という具合に。

仕事が忙しくて週末しか家族と顔を合わせられない父親より、ひょっとしたら身近な存在であるかも知れません。いつか天国で再会できると確信しているから、こんなふうに考えられるのだと思います。

「三人の息子たちが、それぞれ洋子のような伴侶を与えられて、それぞれがクリスチャンホームを築けるように、天国で祈っているから、頑張るんだよ。一人に任せてごめんね」

そんな夫の声が聞こえてくるような気がします。

私と知り合う一年あまり前、炎天下でテニスをしていた夫は突然、激しい胸の痛みに襲われました。急性心筋梗塞で、家族には死が宣告されたそうです。そして奇跡的に一命をとりとめた夫は、四十日間の絶対安静状態から仕事へ復帰できるまでに回復したのです。もしあの時、命を失っていたら、私と知り合うこともなく、三人の息子の父親にもならなかったのです。すべてが神さまの御計画だったと考えると、体が震えそうになります。私の周囲の方々の多くは、私たち家族は何と不幸なのだろうと同情してくれます。でも四十五歳で天に召されたのは早過ぎるのではなく、神さまの憐れみによって生かされていたのだと考えたら感謝でいっぱいになるのです。私にできることは、与えられた仕事や母親としての役割に全力を尽くし、結果を神さまに委ねることだと思っています。この八か月は病気知らずの私でしたが、夫の納骨式が終わった途端、四十度近い高熱を出してしまいました。でもそれ以外は、不思議なほど健康で、多くの方々の祈りと具体的な支えによって守られていると感謝しています。

友人たちへ送った近況（一九九七年八月四日）

あと一か月で、九月一日がやって来ます。この夏休みは、私にとって当然、とても辛い時です。それは去年の夏休みの出来事を思い出さずにはいられないからです。最初の入院が七月二十二日で、二十九日に一度退院するも、八月七日に再入院したのですから、天に召される九月一日まで、まさに病との闘いの日々でした。去年の今頃はこうだったなと、どうしても考えてしまいます。でも、この辛い夏休みを乗り越えたら、きっと私はまた一歩、主にあって成長させていただけるような気がするのです。

一年目だけは、どうしても命日にこだわりたいと校長に年休を申し出たところ、快諾してくださいました。二学期初日に、学級担任が休むというのは、そうそうあってはならないと思うのですが、学年の先生方も、「大切な日なんだから当たり前よ」と言ってくださいました。義姉夫婦と兄、そして家族と牧師だけで静かに墓前に行こうと考えています。

夫との出会いから結婚、そして闘病生活から召天まで、文章にまとめようと願っているのですが、完成はまだまだ先になりそうです。パソコンに向かいながら昔のことを思い出していると、いろいろなことが頭の中を駆け巡り、涙で画面の字が見えなくなってしまうのも、しばしばです。今まで与えられた恵みを、一つひとつかみ締めるように綴っていくことを神さまは望まれると思うので、焦らずゆっくりと進めていくつもりです。

「私のしていることは、今あなたには分からないが、あとで分かるようになります」（聖書より）

友人たちへ送った近況（一九九八年一月六日）

人生について考える時、その長さだけでなく、密度をも考慮に入れるべきです。生きていた日数だけでなく、どれほどの思いとエネルギーをつぎ込んで生きていたかについても考えるべきです。

人生は、時間的な長さだけで測るべきものではありません。樫《かし》の木は、数百年にわたって生き続けます。その間に、幾世代もの人間の人生が通り過ぎていきます。たとえ数百年間も生きられるとしても、活動的で、意欲があり、自分の考えを持つ人間としての生活を捨てて、植物に生まれ変わりたいなどと願う人がいるでしょうか。

一番長い人生が一番短い人生よりも、はかない場合もあります。短期間に中身の濃い人生を送った幼な子や若者は、怠惰で進歩のない日々を送って実りのない老年時代に突入してしまった人に比べて、長く生きたといえる場合もあるのではないでしょうか。

（『慰めの泉』チャールズ・E・カウマン著、日本ホーリネス教団出版局刊）

一九九八年になりました。一九九七年は、がむしゃらの一年だったと言えます。それはどちらかと言えば悪い意味で、自分の健康管理に注意を払わなくなっていたのです。私の心のどこかに、どうにでもなれ、という思いがなかったかというと否定できないのです。

年末、私はついにダウンしたのです。体中ガタガタ震えて、明け方まで眠れませんでした。熱は三十九度まで上がり、トイレに起きるのも億劫《おっくう》でした。そして体だけでなく、精神的にも疲れはピークに達していたようです。子育てを巡って、自分の忍耐力のなさを痛感しています。母親として、もっと成長しなくてはと日々感じています。

友人たちへ送った近況（一九九八年八月十七日）

よろこびが集ったよりも

悲しみが集った方が
しあわせに近いような気がする
強いものが集ったよりも弱いものが集った方が
真実に近いような気がする
しあわせが集ったよりも　ふしあわせが集った方が
愛に近いような気がする

（星野富弘詩画集より）

長いと思っていた夏休みも、残すところ二週間となってしまい、少々焦りを感じ始めている今日この頃です。夏休みはこれをしよう、あれもしなくちゃと、初めのうちはワクワク考えていたのですが、結局どれも中途半端になってしまった気がします。その一つ、例の「夫の闘病記」ですが、夫が教会の礼拝に出席するようになった辺りでストップしたままで、一年が経過してしまいました。忙しさももちろんですが、まだ思い出すには辛い段階です。急がず進めていって、二十世紀のうちには完成させるくらいの気持ちでいこうと思います。

あれから、もうすぐ二年になります。今年は俗に言う三回忌なので、教会墓地での記念会のようなものを八月二十九日に予定しています。学級担任としての責任を考えて、九月一日に休むのは諦めました。来年からは、九月一日はパパのお墓に行く日としたいと思っています。

無我夢中で過ごした一年目。時折、悲しみが洪水のように押し寄せてきて、涙が止まらなくなることもしばしばでした。でも心の奥のほうから、

「夫はいなくなったのではなく、天国にいる。必ず再会できるんだ」

という熱い確信が湧き上がり、再び立ち上がることができました。そして二年目の今年は、急性疾患のような、突然襲いかかる悲しみではなく、慢性的な寂しさが続きました。

私たちが結婚した一九八七年と今年のカレンダーが全く同じ、ということから来る寂しさかも知れません。いつも夫のことが頭から離れず、ふと気が付くと、家の中で夫の姿を探していたりするのです。昨年は、なかなか見ることのできなかった夫の夢を、今年は度々見るようになりました。夢の中での私のセリフは大抵、「なあんだ、生きてたのね」です。

そして、この寂しさは、年を追うごとに強まっていくのだと覚悟しています。

長男九歳、次男七歳、三男三歳になりました。いつも二人のお兄ちゃんと遊び、会話している三男は、三歳とは思えないほど生意気です。何やら楽しそうに一人遊びをしていた三男に、「何して遊んでいるの?」と聞いたところ「人間やってるんだよ」と言われてあ然としてしまったこともありました。お兄ちゃんとボール投げをして遊んでいる時には、うまくキャッチできなかった自分のことは棚に上げて「ちゃんと投げてよ」と文句も言います。またテーブルから大きな音を立てて落ちた時に、大丈夫かと声をかけられたら、「大丈夫。まだ生きてます」と答える三男。夫が天に召された時は一歳だった三男は、とても不憫《ふびん》に思われたものです。でも彼がいてくれるお陰で、どんなに寂しい時でも私たち家族には笑いが起こり、明るい気持ちになるのです。

友人たちへ送った近況(一九九九年一月二日)

彼女は風や波から守られて無事であり
彼方で幸せに暮らしていると、向こうから便りがあった

けれども、不思議だ
彼女をこんなに愛しているわたしが
彼女に何か恐ろしいことが起こったかのように
泣かねばならないとは
友人が嵐の海から守られて
これ以上の平安がないほどに
無事だと言うのに
わたしが泣かなければならないとは、実に不思議だ

（『慰めの泉』チャールズ・E・カウマン著　※実際は「彼女、友人」をすべて「夫」に変更して近況報告に載せています）

夏の証しをまとめてから、早くも五か月が過ぎました。次々やって来る大型台風に、日本各地が大きな被害を受けた昨年夏。夫の墓前での記念会を予定していた八月二十九日、台風が関東地方を直撃するという予報でした。小雨なら傘をさしていれば何とかなりますが、

台風ではどうすることもできません。電車が不通になったり、道路が通行止めになることも考えられるので、最悪の場合は延期するしかない。しかし奇跡は起こり、台風の進路が急に変わり、関東地方は、朝から抜けるような青空が広がったのです。そう言えば、夫の前夜式の時は、数時間前までの雷雨が嘘のようにあがった静かな夜でしたし、葬式や納骨式、一年目の記念会、すべて青空の下で行われました。ひょっとして夫は、晴れ男だったのかも知れません。

友人たちへ送った近況（一九九九年八月十四日）

数年前から交流のあったマホさんが天に召され、彼女への思いを文章にまとめました。

天国のマホさんへ

なぜこんな病気になったのかではなく、何のためなのかを問いつつ、一年間ガンと闘ってこられたマホさん。今は天国で、その答えも明らかにされ、苦しみ、痛み、悲しみから解放されて、主と共に、三人の息子さんを見守っていらっしゃるのでしょうね。

友人知人、職場関係、親戚に至るまで、葬式に出席することはずっと遠慮させてもらっていた私でした。でもマホさんの葬儀には行きたかったし、行かねばならないと思いました。

ご主人の証し、同僚や友人の方々のお話、すべてが私の心に深く響きました。三年前の自分と重ねて、辛い気持ちになるかも知れないという心配は要らなかったようです。それだけ、マホさんの闘病生活は、試練の中にあっても輝いていたのだと思います。

でも献花の際、三人の息子さんたちのお顔を見た時には、さすがに涙が止まらなくなってしまいました。父親を天国へ送った我が子たちの姿と、あまりにもピッタリと重なってしまったものですから……。

「乙幡さんの悲しみを共有できない自分が、もどかしいわ」

と言ってくださったマホさん。その言葉は、今も私の心の中で、優しい光を放ってくれています。

そう言えば、我が家で聖書の学び会をしたあと、夫の運転でマホさんとお子さんたちを駅までお送りしたことがありましたよね。きっと今頃は、「乙幡さんのご主人ですよね」と

天国で再会して、

「奥さんはいつも、ご主人のことをたくさん近況報告に載せていましたよ」

「そうなんですよ。僕に対して、結構厳しいことも書いていたんでしょうね」

なんて、笑いながら二人で会話しているかも知れませんね。

「私たちの愛する者たちは神と共にいます。私たちがいつも神の近くにいるならば、愛する者たちから遠く離れていることなどないのです」（聖書より）

夫が天に召されてから初めて、久しぶりのスキーに行ってきました。夫と知り合ったのがスキーでしたし、数え切れないほど何度も連れていってもらったスキーだけに、当分は辛くて行かれないだろうと思っていました。教職員スキー同好会主催のスキーツアーで、子連れＯＫ。子どもたちは専任のコーチが教えてくれ、大人は自分のレベルに合ったクラスで練習ができるというものです。場所は以前、夫と行ったことのある山形蔵王です。実は夫が召されたあの夏、東北旅行に行く計画をしていて、蔵王にも寄る予定だったのです。幻となってしまった蔵王に行けるという期待も私の心の中にあったのだと思います。そして驚いたことに、宿泊する予定だったホテルが、今回泊まったホテルの目の前だったのです。

「パパが元気だったら、あのホテルに五人で泊まるはずだったんだ」と考えると、涙が止まらなくなってしまうのでした。リフトに乗っていると、隣に夫がいるような気がしたり、ふと気が付くと、颯爽と滑る夫の姿をゲレンデで探していたり……。ゴーグルで隠された目には常に涙が滲《にじ》んでいました。でも思い切り泣くことで、ずっと我慢して抑えてきたものを出すことができ、何かが吹っ切れた気もしています。子どもたちは大喜びで、来年も絶対行きたいと言っています。

「パパはスキーがとっても上手で、あの急斜面（蔵王で有名な、傾斜四十五度の横倉の壁）もすいすい滑り降りちゃうのよ」

　と言う私の話を、目を輝かせて聞いていました。このゲレンデで、パパもスキーをしたことがあるというのが、子どもたちは嬉しかったようです。そして私も子どもたちもスキー検定を受け、級を取得することができました。コーチのアドバイスはすべて、夫からの教えと同じで、改めて夫の偉大さを感じたスキーでした。

友人たちへ送った近況（二〇〇〇年一月一日）

誰とも分かち合うことのできない重荷がある。しかし神は、共に担ってくださる。たった一人で歩かねばならない道がある。しかし神は、一緒に行ってくださる。一人で負わねばならない重荷と一人で歩む道を与えられたことを神に感謝します。重荷を負っている心を、どこかへ持って行くとすれば神の御許へ

（『慰めの泉』チャールズ・E・カウマン著）

昨年の九月一日は、夫が召されて三年目。午前中の仕事を終えて、午後から八王子の上川霊園へ家族で向かいました。花束は管理事務所で買えばいいと考えていたのですが、運悪く事務所の定休日。どうしたものかと考えているうちに、野生の花を探してみようということになり、皆で霊園中を探して歩きました。名もない花ですが、ピンク色の可愛い花や白の素敵な花、ススキも花束に加えました。そして草むらの中に山百合を見つけた時には、家族全員に歓声が上がりました。買ってきた花束も素敵ですが、家族皆で探して集めた花束は特別な物に思えました。

「花束くらい、ちゃんと用意しておかなくちゃね。でも皆で集めてくれた花も素敵だね」

と笑っている夫の顔が目に浮かぶようでした。

私たち四人で並んで撮った写真がリビングに飾ってあるのですが、なぜか四人が中心に映っていないのです。撮ってもらう時には気付かなかったのですが、私の隣に夫が並ぶことを想像してみると、上手くバランスが取れそうになるのです。目には見えなくても、ちゃんと存在感をアピールしている夫を思い、何となく嬉しくなるのでした。来年は夫に笑われないように、花束はちゃんと準備していこうと思います。

上川霊園にて（1999年９月１日）
やっぱり、ここにもパパの存在感が。

友人たちへ送った近況（二〇〇〇年八月十八日）

昨年末に、息子たちを連れて東京ディズニーランドへ行きました。最後に行ったのは六年前で、三男の生まれる前、夫も元気だった頃のことです。ずっと行きたいと思いながら、行くことは叶いませんでした。三男が小さくて手がかかるということもありましたが、それ以上に夫との楽しい思い出のつまった場所に行くのが辛かったからです。

「一人で大丈夫なの？」と心配する両親に、三男の面倒は長男が見てくれるから大丈夫と答えて出かけた私でしたが、ディズニーランドに着く前に何度、帰ろうと思ったか分かりません。家族連れだけでなく、周りの人がすべて、ものすごく幸せそうに見え、自分たち家族が不幸に思えて仕方なく、涙が止まらなくなり、ずっと目を潤ませていた私でした。

「やっぱり一人では無理なんだ。どんなに頑張ったって、逆立ちしたって、父親になれるわけがないのだし、一人二役なんて、もう限界だ」

いくら気持ちを切り替えようとしてもダメで、涙はあとからあとから込み上げてきて、息子たちに見られないようにするのに必死でした。一人でも何とかできる、父親がいなくて可哀想だなんて人から言われないように頑張らなくちゃと、もがいて突っ張ってきた、不自然な自分の姿を見せつけられた思いでした。頑張り過ぎなくていいんだ、ありのままの自分でいいんだと気付かされたディズニーランドとなったのでした。

ところで、五歳になった三男が最近、夫のことを質問してくるようになりました。

「なぜ僕のパパは天国に行っちゃったの?」

「天国って、どこにあるの? 天国に行かないとパパには会えないの? パパは、どうやって僕たちのことを見てるの?」

神さま。三人の息子を、私のような者に授けてくださったことを感謝いたします。

友人たちへ送った近況（二〇〇一年四月三十日）

この頃考えていることと言えば、とにかく肩の力を抜こうということです。今までの私は何事に対しても、力が入り過ぎていたように思います。仕事に対しても、子どもたちのことに対しても、頑張り過ぎは良くないと。

性格的に、つい頑張ってしまう私ですが、自分一人で何とかしようとしないで、もっと周囲の協力を得られるようにしたらいいのですね。無理はしないで、「そのままの私」で行こうと思います。子どもたちのことも、だんだん親の手が届かないことが多くなってきましたので……。

友人たちへ送った近況（二〇〇一年十一月二十日）

運動会を控えて肉体的に限界の状態、そして精神的にも限界……そんな状況の中で、思春期を迎えた長男と、気持ちのすれ違いが多くなってきました。時には、息子たちには聞こえないように、タオルに顔をうずめて、声を殺して泣くこともありました。

「パパ、どうして先に天国へ行ってしまったの？　私一人じゃ、もう限界です」「神さま、不公平です。どうして私ばかりがこんな辛い思いをしなくちゃいけないんですか？」

と心の中で叫びながら。

ある日、テレビゲームを上手にできずに泣いている三男を、激しく叱りつけている長男を見て、

「泣きながらゲームをしたって楽しくないでしょう？　もう止めなさい」

と止めに入ったことで、私と長男のバトルが始まってしまいました。しばらくして、そ

の場から離れた私は自室で声を殺して泣きました。すると三男がやって来て、

「ママ、大丈夫？　泣いてたんでしょう？　僕なら平気だよ。お兄ちゃんだって、いつもは優しいもん」

と慰めてくれるのです。私と長男が激しく言い合いをしていた時も、

「ママ、やめな！　ママが怪我しちゃうよ」

と必死に止めてくれたのは六歳の三男でした。

そして、そんな状況を遠くから見ていた次男は、いつの間にか夕食の後片付けをし、洗濯物をたたんでくれていたのです。その時、はっと気付きました。もし夫が生きていたら、子どもたちはこんなにも優しい子に育っていただろうかと。これは私だからこそ、受けることのできる恵みなんだと。そして中学校という、難しい環境の中で頑張っている長男も、本当は優しい子だと分かっています。

仕事で疲れ切っていた私は、長男への配慮が足りなかったのだと反省し、家庭がホッとできる場所になるようにしたいと思った出来事でした。

友人たちへ送った近況（二〇〇二年四月二十九日）

あの小さかった三男が、ついに一年生になりました。毎日、次男と一緒に元気に登校しています。十数年の保育園の送迎から解放された私は、忙しくも少しずつ自分の時間がもてるようになっています。

三男の入学式（2002年４月５日）
長年の保育園送迎から解放されて一段落。

友人たちへ送った近況（二〇〇二年十一月十日）

感謝すべきは、周囲の方々の協力です。私の愚痴を、「辛いね、分かるよ」とただただ聞いてくれる同僚。メールや電話で励ましてくれる友人たち。そして私たち家族のために、遠くで祈ってくださっている方々。以前は、「何で私ばかりが辛い目に次々遭うの？」と神さまを恨みたい気持ちになることもあったのですが、最近は、「何て私は恵まれているのだろう」と思えるようになっています。人生に無駄なことは一つもないのです。

我が家に四男が加わりました。生後四か月の柴犬で、次男は大喜びで世話をしています。

第三章　パパとの約束

1　パパの遺した言葉　〜積極的な選択〜

【日本選択理論心理学会　ニュースレター
選択理論心理士リレーエッセイ　二〇一一年　Vol.58より】

「もし、二つの道のどちらかを選択しなければならないとしたら、より積極的な方を選ぼうと決めて、今日まで生きてきた」

これは十五年前に亡くなった夫が遺してくれた言葉です。内気な性格だった夫は、高校生の時に自分を変えようと心に誓ったそうです。この言葉に感銘を受けた私も、長い間これを目標にして行動してきました。

それゆえ息子が不登校になった時、「学校に行かれない」彼の行動は、実に受け容れ難いものでした。そして、悩みぬいた私が「選択理論を学んだ」ということは、まさに「より積極的な選択だ」と考えていました。

ところで最近、とても印象に残る一節を目にしました。それはスポーツジムの更衣室に掲示してある一節です。

「体調の優れない時は、勇気をもって中止しましょう」

夫の遺した言葉に従って、「より積極的に」をモットーに歩んできた私にとって、この言葉は実に新鮮なものでした。

「どんなに体が疲れていても、運動すれば気持ちがスッキリする。気持ちが落ち込んでいる時こそ汗をかいて、セロトニンを分泌して元気になろう。今夜も頑張ってジムへ行こう」

フルタイムの仕事から帰宅し、夕食作りを終えたら一息つきたいと思うのが普通です。

しかし、疲れた体に鞭《むち》打つかのようにしてジムへ出かけるのは、自分でも無茶しているなと思うことがよくあります。でも思い切って行ってしまえば「来てよかった」と思えるし、「頑張っている自分」に自己満足することもできるのです。

しかしここでは、「勇気をもって中止する」とあります。選択理論では「不登校になってしまう」のではなく、「不登校を選択する」という捉え方をします。必ずしも行動することばかりが積極的なのではなく、行動しないことも「より積極的な選択」と言えるのかも知れないと考えられるきっかけになった言葉でした。

2　自分のための時間　～趣味との出合い～

友人たちへ送った近況（二〇〇三年五月十八日）

最近やっと自分の時間をもてるようになってきました。まず始めたのは、朝三十分ほどのウォーキングです。必ず毎日歩くとは決めず、体調の悪い時や疲れている時は無理をしません。もうすぐ始めて一年になります。

今の季節、朝四時半というと、太陽は昇っていないものの、ほんのり明るく、歩いているうちにオレンジ色の太陽に会えて、すごく得をした気分になります。速足で三十分も歩けば背中は汗びっしょりです。私は歩きながら、いろいろなことを考えるのが好きです。ぶつぶつ独り言を言いながら歩くこともあるので、すれ違う人はきっと不審に思うことでしょう。

また、一か月前からテニススクールにも入りました。もともとテニスを始めたのは夫の影響で、コーチも夫。専ら遊びで、一年に数回プレイする程度でしたし、ましてや子どもが生まれてからは、ほとんどラケットを握っていませんでした。基礎からしっかり身に付けようと入門クラスに入り、毎週土曜日の早朝、楽しく汗をかいています。やはり汗をかく、体を動かすというのはいいですね。頭の中のもやもやしたものやイライラも飛んでいってくれます。体も丈夫になったようで、この冬は風邪もひかず元気でした。そして夜は夜で、片手三キロのダンベルを握っています。

実はテニスを始めることを一番応援してくれたのが三男でした。毎晩寝る前に、三男とは一日の出来事や給食のメニューなどを話すのですが、ある日「ママの夢は何？」とか「ママの習いたいものは何？」と質問されて、「テニスを習ってみたいなあ」と答えたところ、「じゃあ、やってみたら」と勧めてくれたのです。

友人たちへ送った近況（二〇〇三年十一月一日）

ある心理学会のカウンセリング基礎講座。この受講が私の人生に大きな変化を与えてくれました。

夏休み中に合計、七日間の講座を受講しました。受講生に知り合いはおらず、どんな雰囲気かも分からず不安でいっぱいだったのですが、一日の講座があっという間に終わってしまうという感じの、とても楽しい七日間でした。

目から鱗《うろこ》の内容に加え、実生活に生かせることばかりで、とても充実していました。

この学びは始まったばかりで、講座をひと通り終えるまでには数年かかるそうですが、継続していきたいと考えています。

友人たちへ送った近況（二〇〇五年五月十二日）

四十歳を過ぎて夢なんて……と笑われてしまうかも知れませんが、今の私にはとんでもない夢があります。それは、もう一度学生に戻って勉強するということです。何の勉強かというと心理学です。できることなら心理士の資格をとれたらと願っています。将来どうするかは分かりませんが、心理学を学ぶことは、教師という仕事にもプラスになります。

幸いなことに、「大学院修学休暇制度」というのがあることを最近知りました。無給ではありますが、大学院卒業後は再び教員の仕事に戻れるという制度です。

実は昨年度、申請書を出し、教育委員会の許可も下りていたのですが、肝心の大学院入試で失敗してしまったのです。数名の社会人入学枠に対して百数十人の受験者がいたそうで、見事に落ちてしまいました。残念な結果でしたが、夢に向かって努力できたこと、自分のために受験勉強できたことは無駄ではなかったと思っています。今年再チャレンジです。

友人たちへ送った近況（二〇〇五年十月十六日）

今年は出身大学の大学院を受験しました。筆記試験と四人の教授の前での口述試験を無事に終えることができました。そして合格発表の日。

ネットで検索すると、私の受験番号が載っているではありませんか！

四月からは念願の大学院生となります。専攻は臨床教育実践学で、小学校教諭専修免許や心理士・認定カウンセラー等の受験資格もとれるそうです。これから頭脳明晰な現役学生たちと一緒に勉強していくわけで、ついていくのがやっとになりそうですが、ベストを尽くせば結果オーライだと考えています。

3　自分のための時間　～再び女子学生に～

友人たちへ送った近況（二〇〇六年五月二十一日）

私は今、山梨県にある出身大学の大学院へ通っています。ロスタイムがなければ、往復五時間の旅です。今までの生活よりは少し余裕ができるかなと期待していたのですが、大学には週四日は行かねばならず、しかも夕方から夜にかけての授業が多いため、週の半分は夕食を準備して出かけるという状況です。今までのように、子どもたちより先に家を出ることはありませんが、毎日の弁当作りと夕食作りに追われて、起きるのは相変わらず四時です。

でも何よりも大変なのは、大学院での勉強です。授業は大変興味深く充実していて、九十分間が短く感じられますが、私にとって一番気がかりなのは修士論文です。ゼミの仲間たちは着々と研究を進めている中、私は論文のテーマさえも確定していない状態なのです。おまけに授業の中では、聞いたこともないような難しい心理学用語が飛び交い、ひたすらメモをとって、あとで心理学辞典で調べるといった状態です。

そんな中、大学院の入学式後の数日間、食べ物が喉を通らないという状態に陥ってしまいました。これから二年間、授業についていけるのだろうかと不安でいっぱいになってしまったのです。友人たちの励ましによって、今はずいぶん落ち着きましたが、時々不安な気持ちが蘇《よみがえ》ってきます。ゼミのメンバーは一年生が六人で二年生が四人なのですが、何と私以外はすべて男性なのです。息子のような学友たちと一緒に、これから頑張って学んでいこうと、気持ちを新たにしている今日この頃です。

友人たちへ送った近況（二〇〇六年十月二十七日）

女子学生となって半年たった私ですが、相変わらずバタバタと忙しい毎日を過ごしています。それでも教師として働いている時とは比べものにならないような、精神的な解放感があります。修士論文への不安はありますが、他人と比較するのではなく、自分なりのベストを尽くしていこうと考えています。

そして今年の夏休みは、本当に自分が受けたい講座の受講に時間を費やしました。大学院の集中講座からスタートして、教育カウンセラー養成講座、グループエンカウンター研修、カウンセリング学会主催の講座といった具合に。

そして今年は夫が召されて十年の節目の年で、子どもたちは十七歳、十五歳、十一歳と成長しています。

成長と言えば、夫の命日にこんなことがありました。子どもたちが学校から帰ったら、教会墓地へ皆で出かけようと考えていたのですが、長男の学校が午後まで授業のあることがあとで分かったのです。教会墓地は八王子の山奥にあるため、夕方に出発したのでは墓地のゲートが閉まってしまいます。どうしようかと考えていると、学校から長男が電話をかけてきて、

「今日はお墓に行く日だから早退するよ」

と言うのです。お墓に行くのは今日じゃなくても大丈夫だから、やっぱり授業を優先しようよと言うと、

「今、先生の許可をもらったから大丈夫」

と。父親の命日を大切に考えてくれていることがとても嬉しかった出来事でした。

4　子育ては「個育て」〜カウンセラーへの道〜

「子育て」は「個育て」であり、「育児」は「育自」だと言われる。私も、まさに子育てを通して「自分自身が一人の人間として育てられた」と感じている。もちろん、世の中には子育てをしない選択をしたり、望んでいても子どもを授からない女性もいる。「子どもを育ててこそ、一人前の女性」というような意見には賛成できないが、私自身は子育てがなかったら、未だに忍耐力のない人間だったろうと思う。

しかし一方で、「どうして私にばかり、いろいろな問題が起こるのだろう」と考えてしまうことも少なくはなかった。子育てで悩む度に、「もし夫が生きていたら、何て言うだろうか？　いや、生きていたら、こんな問題は起こらなかったのかもしれない」とネガティブ思考に陥ることも多かった。

でも同時に、「夫が生きていたら、意見のくい違いから問題がもっとややこしくなっていたかも知れない」とポジティブに考えられる時もあった。要するに、問題は同じでも、それをどういう角度からどう見るかで、問題が問題でなくなったり、さらに重大な問題に発展してしまったりするということなのかも知れない。

今年（二〇一六年）の四月で、教員生活三十二年目を迎えた。この間、三度の育児休暇をとり、二年間の大学院修学休暇もとったので、約五年間は仕事から離れていたことにはなるが、それでも二十七年目ということになる。人生の半分を教師として歩んできて、今新たな道へ歩み出したいと考えている。

一つは不登校の子どもをもった母親の支援で、修士論文のテーマそのものである。自分がそうであったように、悩みや愚痴を聞いてくれる場所や人は大切だ。その場所を提供して、子育てに悩む母親たちの支援をさせていただけたらと思うのだ。そしてもう一つは、自分を幸せに導いてくれた心理学理論を、多くの人たちに伝えていきたいということである。幸いにも昨年の夏、ずっと学んできた心理学を教えることのできる資格を取ることができたので、まさにタイムリーである。

そして最後に、大学院時代に取得した資格を生かして、カウンセリングの仕事をしたいと考えている。

「もっと早く始めておけば良かった」と後悔しないためにも、体力のあるうちに新しいことに挑戦したい。特に今年は、三男が社会人となったこと、夫が召されて二十年という節目の年であること、そして数年間一人暮らしをしていた長男が自宅に戻ってきて、再び家族そろって生活できていることなどを考えると、私の人生のターニングポイントが近づいているのかも知れないと思う。

人生八十年と言われる。健康でいられれば、私に遺された時間は、まだもう少しありそうだ。

エピローグ

1　パパへの手紙　「天国のパパへ」

一九九六年九月一日。アトランタでオリンピックが開催された年に、パパは天国へ単身赴任してしまいましたね。声を聞きたくて電話しても話せず、手紙を書いてもパパのもとへは届かず、メールしても返信がない……天国という遠い国。そして今年（二〇一六年）は、リオデジャネイロでオリンピックが開催されました。二十年たったのですね。

過ぎてみればあっという間だけど、一年一年、一日一日の重みは相当なものでした。パパは天国で見ていたと思うけど、たくさん泣いて、たくさん悩んで、少しだけ笑えたかなあ。きっとパパがいてくれたら、すべてが楽しく思えて幸せいっぱいで、たくさん笑えたんだろうって思います。でも、パパがいないからこそ、たくさんの人たちに助けられ、周囲の方々の温かさに触れられたことも事実です。

とはいえ、フルタイムの仕事をしながら、三人の息子を育てるということは、今振りかえっても並大抵のことではなく、大きな責任を伴うものでした。わずか三十四歳という若輩者の私に、ある日突然「世帯主」「一家の大黒柱」としての重圧がかかったのですからね。

最初の五年間は、よく泣きましたよね。パパも天国で「あらら〜、また泣いちゃってるよ、大丈夫か?」って心配して見ていてくれたんじゃないかな? 仕事中は気が張っていて平気なのだけど、仕事を終えて子どもたちを保育園に迎えに行く時は、大声で泣きながら車を運転したことがよくあったよね。

「おいおい、危ないぞ。しっかり前を見て」って、見守ってくれていたかな? 一緒にハンドルを握ってくれているのかなって思う時もよくありました。運転していると、「今の危なかったな」って思うことがあるでしょう? あと数秒遅かったらとか、早かったら大変なことになっていたかもっていう時に、パパが一緒にいてくれている気がしました。パパは、私の運転の師匠で、ちょっぴり厳しい指導教官でもあったから、ハラハラして見ていたかもね。

パパが天国へ単身赴任して五年経ち、四十歳を目前にした頃から、少しずつ自分の時間をもてるようになったのだけど、子どもたちが思春期の難しい年頃になったのもこの頃だったよね。いろんなことで悩んでいて、これも天国で見ていたかな？　でも、さすがはパパと私の子。三人とも素直で優しくて、本当に私にはもったいないくらいのいい子たちだよね。きっと心の中では、いろいろ考えていただろうし、私に文句も言いたかっただろうと思うけど、一度だって「クソババア」みたいな、悲しい言葉を投げかけられたことはなかったもの。きっと頼りない母親だから、そんな言葉をかけてしまったら、ショックで立ち直れなくなっちゃうと思ったのかも知れないね。

パパには報告したいことが山ほどあります。でも天国で再会したら、その嬉しさで全部忘れちゃいそうだから、忘れないように書き留めておこうと考えて、こうして本にまとめることにしました。仕事をしながら執筆するのは大変だったけど、今年中に完成させないと、また十年先になってしまいそうだからと思って頑張りました。

パパは……もうこっそり読んでいるのかな？

2　これからの私の人生

人生八十年と言われるが、あと何年生かされるかは分からない。夫がわずか四十五歳で天に召されたように、私も突然終わりの日を迎えるかもしれない。だからこそ、後悔はしたくない。

就職浪人をしてまで、子どもの頃からの夢だった小学校教師になったことを一番喜んでくれたのは夫だった。そして三人の息子を授かり、出産後は一年足らずの育児休暇で職場に復帰し、仕事は辞めずに今まで三十年以上頑張ってきた。夫の召天後は一家の大黒柱となり、仕事を辞めるという選択肢は、私にはなかった。

しかし、これからは、今までとは違う形で、世の中に貢献していきたいと考えている。普通なら滅多にできない体験をさせていただいた私だからこそ、できることがあると思っている。夫の召天から二十年目の今年だからこそ、これからの方向性を探っていきたいと思う。

あとがき

一九九六年九月一日。あの日から私の人生は大きな進路変更を余儀なくされました。夫が天国へ旅立って数年間は現実を受け止めることに精一杯で、心の中には常に（どうして私だけ）（なんで皆は幸せそうなのに）という考えしか浮かばなかったように思います。そして五年たった頃から、少しずつ物事を前向きに考えられるようになってきました。

心理学では、多くの中年女性（心理学的には、「成人期中期」と分類します）が青年期に獲得したアイデンティティでは自分自身を支えきれなくなると言われ、それを再構築することが、成人期中期の女性の発達課題であるという研究があります。しかし現実には、青年期に獲得したアイデンティティに固執してしまい、再構築することに踏み切れない中年女性が多いのではないでしょうか。

その点私は、自分自身が望まなかったにせよ、夫の死によって「妻」というアイデンティティが崩壊し、残された道は再構築しかなかった、だから自然と第一歩を踏み出すことができたのではないかと思うのです。周囲の方々から「こんな状況で、どうしてそんなにポジティブに考えられるのか」と驚かれることがありますが、そこにポイントがあったのかも知れません。

とは言っても、私一人の力で今日まで歩んで来られたとは考えていません。周囲の方々の支えや具体的な支援があったからこそ、今の私があるのです。夫の召天二十年を迎えて、私を支えてくださった方々に心から感謝の思いをお伝えしたいと思います。そして何よりも三人の息子と私の両親や兄、夫の姉一家に、「今日まで、こんな母、娘、妹、義妹を支えてくれてありがとう」と伝えたいです。また、このような拙い原稿を、一冊の本にしてくださった出版社の方々と、最後までお読みくださった皆さんにも心から感謝いたします。

著者プロフィール

乙幡 洋子（おっぱた ようこ）

横浜生まれの横浜育ち。都留文科大学を卒業後、小学校教諭となり、32年間、仕事と家事・育児を両立。

34歳の時、最愛の夫が45歳の若さで天国へ旅立つ。

当時、三人の息子は７歳と５歳と１歳。

以来、女手一つで子育てに奮闘する。

息子の不登校をきっかけに心理学を学び始め、44歳で母校の大学院に入学し、カウンセラーの資格を取得。修士論文のテーマでもある「不登校の子どもを持つ母親の支援」をライフワークにと願い、「ママ達のおしゃべりルーム」を横浜市内で月１回、開催。

パパは天国へ単身赴任

2017年２月15日　初版第１刷発行

著　者　乙幡 洋子
発行者　瓜谷 綱延
発行所　株式会社文芸社
〒160-0022　東京都新宿区新宿1－10－1
電話　03-5369-3060（代表）
03-5369-2299（販売）

印刷所　株式会社フクイン

ISBN978-4-286-17839-4